愛娘のダンジョン配信を陰で支える無自覚最強パパ
manamusume no dungeon haishin wo kagede sasaeru mujikaku saikyo papa
～こっそり素手でドラゴンを始末する様子が全世界に流出してしまう～

大《オオ》屋《ヤ》キーファ
亜人族のなかでも珍しいワーウルフの少女。ダンジョンブレイクの跡地でケントに保護されて、娘として育てられる。寿命であるライフゲージを稼ぐためにケントとダンジョン配信を行っている。
緋《ヒ》城《ジョウ》加《カ》奈《ナ》
現役女子高生探索者で、フォロワー数150万人越えの若手最強人気配信者。幼い頃に出会った若きケントに一目惚れし、ダンジョン攻略中に運命的な再会を果たす。

Break
Room
休憩室
「ダンジョンポイントを【解凍】すると、
簡単にエネルギーを取り出せるんだ。
それを指先に集めると……」
大屋《オオヤ》拳人《ケント》
ワーウルフの赤ん坊だったキーファを娘として引き取り溺愛する頼れるパパ。ソロでダンジョン攻略を行ううちに独自の荒技を編み出し、ドラゴンもワンパンするほどの強さとなるが、本人は最強となった自覚がない。

ふぅ、あったまりますね……
おんせん、さいこ～♡
あううー、ケントおにいちゃんと
ドキドキ♡混浴♡を楽しむはずだったのに～

愛娘のダンジョン配信を陰で支える無自覚最強パパ 1
～こっそり素手でドラゴンを始末する様子が全世界に流出してしまう～

なっくる ill. AMANUN

manamusume no
dungeon haishin wo
kagede sasaeru
mujikaku saikyo papa

プロローグ　愛娘と配信をしよう

ぽすっ
ボウガンから放たれた矢がスライムを貫き、光に包まれたスライムは緑色の小石に変わる。

「やったぁ！」

自分の身体《からだ》の半分ほどもあるボウガンを抱えてぴょんぴょん飛び跳ねる狼耳《おおかみみみ》の少女。ふわふわの銀髪が少女の動きに合わせて広がり、先端が少しだけ黒い尻尾と狼耳がぴこぴこと動く。桜色に上気した柔らかそうな頬と、キラキラと光を放つ大きな碧眼《へきがん》。可愛《かわい》いおへそが見える丈の短いシャツの上に、くまさんのアップリケがついたピンクのジャケットを羽織る。ほっそりとした左手首に巻かれた水色のブレスレットがとってもオシャレだ。ボトムスは元気な彼女にピッタリの白いショートパンツ。すらりと伸びた美脚の足元はピンクのスニーカー。ああっ、なんて可愛いのだろう。全人類の宝である。

「よくやった！」

「応援ありがとう、ぱぱ！」

満面の笑みを浮かべて手を振る少女を手持ちのカメラで余すことなく記録する。

ブーン
同時に、自律型のドローンカメラが少女の周りを舞うように飛ぶ。配信動画を見てくれているフォロワーたちのアプリには、超絶可愛い少女の姿が映っているだろう。

彼女の名前はキーファァ。ダンジョン配信プロデューサー（キーファァ専属）を務める俺、大屋《オオヤ》拳人《ケント》の愛娘《まなむすめ》である。


世界中にダンジョンが出現して三十年。

ダンジョン探索者は一般的な職業となり、彼らがダンジョンから回収する【魔石】などの不思議な素材は、現代文明の発展を支えていた。ダンジョン探索者の中でも、ダンジョンの攻略そのものをコンテンツとして投稿するのが俺とキーファァのようなダンジョン配信者である。

「うーん、やっぱりもっとカメラが欲しいな～」

カメラに取り付けたスマホに映し出される配信動画をチェックしていた俺は、思わず唸《うな》る。今映し出されている正面画でも十二分に可愛いのだが、複数のドローンカメラの映像を組み合わせると3D的な立体映像を表現できるらしい。ダンジョン専用ドローンはおいそれと買えるような値段ではないが……。

@masa ：うは～、今日もキーファァちゃんかわいい!!
@kan21：少し背が伸びた？
@pino ：ここって上位ランクのダンジョンじゃない？　くれぐれも気を付けてね。

フォロワーたちのコメントが動画に流れる。

「こらこら、あんまりキーファを脅かすんじゃねーよ。俺のキーファなら楽勝だって」

「えへへ～、ぱぱがサポートしてくれるからだよ～」

「キーファ……！」

いじらしいセリフに感極まった俺は、キーファをぎゅっと抱きしめる。

「ぱぱ～♡」

ボリュームのあるもふもふの銀髪の感触は最高で、全ての疲れが吹き飛ぶ。

@masa　：また始まった笑
@kan21：でもこれが最高だよな～、最近ハードな配信が多いから癒されるわ。
@pino　：キーファちゃんねる、もう少しフォロワー増えてもいいのにね。
@masa　：娘ちゃんはかわいいけど、戦闘が少し地味だからねぇ。
@kan21：キーファたんの良さはワイらだけが分かっていればええのよ。

「あうぅ、キーファのこともっと宣伝してね？」

へにゃ、と狼耳を下げた上目遣いのキーファが大写しになる。

ALL　　：うおおおおおおっ!?

フォロワーたちの反応に苦笑する俺だが、「キーファちゃんねる」のフォロワー数は現在2千人ほど。トップクラスの配信者は100万人を優に超すらしいので、まだまだ俺たちは駆け出しレベルだ。
「それよりお前ら、キーファに【ダンジョンクオーツ】投げてくれよな!! できれば炎と水属性を頼む！」

@masa　：はいは～い。
@kan21：投げ銭よりダンジョンクオーツが欲しいとか、パパは変わってるよな～。
@uchi　：ダンジョンクオーツって何？　ダンジョンポイントとは違うの？
@pino　：ダンジョンポイントはダンジョンクオーツや魔石から精製したもので無属性です。ダンジョンクオーツはマナから生まれる結晶で、炎や水などの五大属性を持っています。それぞれの属性魔法やステータスと連動しているんですよ～。
@kan21：普通は汎用的に使えるダンジョンポイントが人気だけど、パパはマニアだから笑
@uchi　：詳しい説明あざす！

「ほえ～、勉強になるね」
「だな、一つ賢くなったぜ！」

@kan21：この親子はwww

フォロワーたちからパラパラとダンジョンクオーツが投げられる。炎属性のクォーツが73に水属性が44。フォロワー数が伸び悩んでいるせいか、期待よりも少ない。

（うむむ……）

ダンジョンポイントやダンジョンクオーツはステータスアップやスキルの習得などに使えるので、いくらあっても困らない。が、俺がダンジョンクオーツを求めるのはそんな理由じゃない。

キーファのステータスを確認した俺は僅かに焦りを感じてしまう。

（あと800日分か。よしっ……！）

フォロワーを増やすため、もう少し派手な戦闘シーンも必要かもしれない。

「キーファ、このフロアはもう安全だから、十分ほど休憩していてくれ。ほら、おやつもあるぞ」

「は〜いっ！」

背負った携帯クーラーボックスからプリンを取り出すと、キーファに手渡す。

「あ〜、今日はマンゴープリンだぁ♪」

ぺりぺりと封を開け、歓声を上げるキーファ。キーファのおやつシーン、通称『ぱくぱくキーファ』は『キーファちゃんねる』の重要コンテンツである。

「よし、今のうちに！」

俺はドローンを護衛モードに設定すると、現在潜っているダンジョン：ドラゴンズ・ネストの下層フロアに降りていくのだった。

……今更だけど、厨二《ちゆうに》くさい名前だよな。

――――ドラゴンズ・ネスト下層部

「そらっ！」

ドンッ！

眼前に出現した一つ目巨人をパンチ一発で吹き飛ばす。図体《ずうたい》はデカいが、俺のパンチで倒せるくらいなので大した事のないモンスターなのだろう。だが見た目が怖い。キーファが泣いちゃうかもしれないからな……安全なダンジョン探索の為《ため》、あらかじめ危険要素を取り除いておくのがパパの大事な仕事である。

「え、は？」

「レッドサイクロプスを一撃、しかも拳で？」

巨人の足元には、二人の女性探索者が座り込んでいた。

「良かったら使ってください」

よく見れば剣士らしき女性は右足を怪我《けが》している。慌てて転んだのかもしれない。俺はポーチから緑色に輝くポーションを取り出すと、女性に手渡した。

「えええええっＬＶ５ハイポーション!?」

「い、いいんですかっ!?」

女性は驚いているが先日潜ったダンジョンで拾った安物で、バフ効果もない。こんなアイテムで喜んでくれたところを見ると、この女性たちも俺たちと同じ駆け出し探索者なのだろう。俺のポーチには回復アイテムがぎっしりと詰まっている。大事なキーファが怪我をしたら大変だからな!!

「ご安全に！」

だんっ！

俺はダンジョンの床を蹴ると、下層フロアの奥へと急いだ。


「むうぅ……」

襲い来る雑魚モンスターを右ストレートで吹き飛ばしながら（やはりこのダンジョンのランクは低そうだ）俺はスマホでキーファのアカウントを確認する。


各属性ダンジョンクオーツ残高　：157（+117）

「くそ、これじゃ一日分にしかならないぞ!?」

思った以上にダンジョンクオーツの集まりが悪い。キーファの詳細ステータスを表示する。

＝＝＝＝＝＝＝＝＝＝

氏名：大屋　キーファ

年齢：８歳　　種族：ワーウルフ

HP：82/82　　MP：30/30

攻撃力：55

物理防御力：200　　魔法防御力：200

魔力：10　　必殺率：20

LG《ライフゲージ》：■■■■□□□□□□　803日

LV1 格闘→ひっぷあたっく

LV1 射撃→ボウガン連射

LV1 レア→テンションアップ、にこにこキーファ

＝＝＝＝＝＝＝＝＝＝

8歳という年齢を考えれば、なかなかの強さと言えるのだろうか。

「そんなことより……」

俺が気にしているのはLG《ライフゲージ》という項目。

これは……キーファの寿命なのだ。

特殊な種族の血を引く彼女がこの世界で生きていくには、特別なエネルギーが必要だった。

「ステータスの一種だから、ダンジョンクオーツでチャージできるのは助かるけどな！」

どがっ！

焦りのままに、近寄って来た石像モンスター（ガーなんとかという名前だった気がする）を右ストレートで粉砕する。俺とキーファが配信を始めたのは、彼女を生き永らえさせるため。

「だがっ……！」

ダンジョン攻略配信を始めてから一年余り。配信者間の競争は激しく、思うようにフォロワーを伸ばせない俺たち。キーファのライフゲージは減る一方だ。フォロワーが10万人いれば、キーファのライフゲージを増やせるのに！


グオオオオオンッ！


苛立《いらだ》つ俺の前に、くすんだ緑色の鱗《うろこ》を持つ巨大なトカゲ型モンスターが現れる。モンスターの種類に疎い俺でもさすがに知っている。ドラゴンだ。だがコイツは修飾語が何もつかないプレーンのドラゴン。つまり雑魚ドラゴンという事だ。

「くそ、フォロワーを増やすには、やっぱ派手な配信をしないとダメか!!」

だがそうなれば、キーファを危ない目に遭わせる事になる。

「うらあっ!!」

深刻な二律背反。激情に任せて、俺は右の拳をドラゴンの腹に叩《たた》きつける。

ドンッ!

ドラゴンは光と共に消え去り、緑色の魔石がゴトリと地面に落ちる。俺は魔石目当ての探索者じゃないので、正直興味はない。

「う～ん、さっきのガーなんとかという石像なら、キーファも怖くないかなぁ……?」

配信の続きを考えながら、俺はキーファの待つ上のフロアに戻る。

「………え、ドラゴンを素手で? や、やっぱり……おにい、ちゃんなの?」

俺が吹き飛ばしたドラゴンの足元に、とある有名探索者がいたのだが……この時の俺は、その事に気付いていなかった。


――――同時刻、ドラゴンズ・ネスト中層部

「むふふ～♪」

愛用のくまさんリュックからサーモボトルと折り畳み椅子を取り出し、ちょこんと腰かける。

ほーじゅんなマンゴーと卵の香りが漂ってきて、今にもよだれがこぼれそう。

「えへへ、おいしそ～」

もう我慢できないぞっ。スプーンにプルプルのプリンを載せ、おっきく口を開ける。ぱぱ特製の安全装備が満載のドローンカメラさんが守ってくれるから、安心しておやつを堪能できるのだ。

ぱくっ！

「んん～～～っ♡♡」

口の中でとろけるプリンが本当においしくて！　ぶんぶんと尻尾が勝手に動いちゃうのだ。

@kan21：あああああ～っ、かわいすぎるって‼
@pino：私もこんな娘ちゃんが欲しいなぁ。
@uchi：初めてこのちゃんねるに来たけど、かわいすぎない？　それにワーウルフか、すごく珍しい種族だね。転生組かな？

ぱくぱくとマンゴープリンを食べ進めながら、スマホに流れるコメントを読む。
そう、キーファはわーうるふさん。詳しくは知らないけど、この地球とは別の世界から亜人族として転生（？）してきたんだって。なのでキーファは、ぱぱと血の繋《つな》がった娘じゃない。けど実の娘以上に大切にしてもらってるの。だから、ぱぱに何か恩返しをしたいんだぁ！　やっぱり、素敵なお嫁さんかなっ！　キーファちゃんねるが大きくなれば、オフ会などのイベントもできる。そうすれば、そこでぱぱのお嫁さん探しをすることも……。
「がんばるぞ、お～っ！」

両手を握り、えいっと気合を入れる。耳飾りにあしらわれた紫色の宝石が、ダンジョン内に設置された照明を反射してきらりと輝く。今日も絶好調だ。

――同日、一時間ほど前

一人の女性探索者が、ドラゴンズ・ネストの入り口に立っている。

少女の名前は緋《ヒ》城《ジョウ》 加《カ》奈《ナ》。フォロワー数１５０万人を超える、ＡＡランクの高ランクダンジョン探索者だ。

「よし、今日も頑張らないと」

トレードマークの純白セーラー服に袖を通し、得物の日本刀を腰に差す。鍛え抜かれた自慢の美脚をタイツで覆い、足元は傷一つない茶色のローファー。お団子にしていた艶やかな黒髪を解き、ヘアピンを差す。マネージャーからスカート丈を短くするように言われているので少しだけスカートを上げる。マリンブルーのラインが入ったスカートはカナのお気に入りだが、膝丈より短くすると、どうにも落ち着かない。最後にコンパクトを開き、切れ長で大きな目の端に少しだけアイシャドウを散らせた。

（うう、恥ずかしい……）

女子高生ダンジョン配信者の需要が高いことは理解している。この服装も得物もカナが所属するプロダクションからの指示だ。

（できることならフルプレートアーマーを着たいよぉ……）

女性探索者最年少でのAランク到達、最年少日本ランカー……数々の称号を持つ彼女は少し恥ずかしがり屋さんだった。

「緋城カナ、いざ参ります！」

配信を視聴するフォロワーに向かい、勇ましく宣言する。

@colo　：うおおおお、カナたん、頑張って!!
@jun　：オジサン応援してるからね!!

（はう、がまんがまん）

次々に投げかけられるコメントに赤面しそうになるが気合で抑え込む。

「今日は先日潜れるようになった、Aランクダンジョン『ドラゴンズ・ネスト』を攻略します」

ピッ
認証キーを兼ねたスマホをダンジョンの入り口にかざす。上位ランクのダンジョンは危険なため、探索者ランクが高い人間しか入れない。

@colo　：おおっ、マジか！
@tarou　：ソロでAランク挑戦とか、やべーな！

@masa　：ドラゴンズ・ネストってまだダンジョン協会の深度調査が終わってないんだっけ、危なくね？

「大丈夫です。実はわたし、協会からこのダンジョンの深度調査を受託しています」

フォロワーたち：おお、ダンジョン協会案件！

「ダンジョンはいつどこで発生するか分かりませんからね。新規ダンジョンの調査もダンジョン探索者の大切なお役目です」

@colo　：さすカナ。
@jun　：ドヤ顔すこ。
@tarou　：たまには笑ってほしい笑
@masa　：このクールな表情がいいんだろ？　むしろ踏んで！

（はうっ、こんな大勢の前で笑えませんよ！）
表情が硬いのは生まれつきである。できることなら家に帰ってふわふわソファーに寝転んでいたい。

（でも……）

自身を孤児院から拾い上げてくれた義父《ジル》のため、クールなＪＫ配信者を演じるカナ。もっと活躍して、家族に恩返しをしなければ。

「不適切なコメントはＢＡＮ対象なので気をつけてくださいね？」

鈍いプロペラ音と共に、五台のドローンカメラがカナを取り囲む。彼女の公式配信はマルチアングルに対応しており、戦闘シーンをＶＲで楽しむことも可能だ。

「それでは行きます」

きりりと表情を引き締めたカナは、ドラゴンズ・ネストの中に入っていった。

――三十分後、ドラゴンズ・ネスト下層部

「……おかしいですね」

ザンッ！

鮮やかにグリフォンを両断したカナは、刀に付いた汚れをぬぐいながら首をかしげる。Ａランクダンジョンの割に、モンスターの出現が少ないのだ。しかも、あちらこちらに高ランクモンスターの残骸と思われる素材と魔石が落ちている。

「先客がいるのでしょうか？」

入り口はロックされているものの、高ランク探索者なら自由に潜ることができる。誰かが攻略中なのかもしれないが、換金可能な魔石や素材を回収しないのは不自然だ。

「注意した方がよさそうですね」

カナは慎重に、下層フロアに向けて歩みを進めていった。

「あれっ？」

下層フロアに入ってすぐ、異変に気付くカナ。二人の女性探索者が薄暗いダンジョンの通路に座り込んでいる。

「……ほうっ」

「……素敵♡」

「え、えっと。大丈夫ですか？」

見たことのある顔だ。大手のダンジョン探索ギルドに所属する探索者で、一緒に仕事をしたこともある。

「……あら、カナちゃん」

「ご無沙汰しています」

カナが声を掛けると、我に返る二人。

「ねえねえ！　さっき凄《すご》い人を見たんだけど！」

「レッドサイクロプスをパンチ一発で倒しちゃうし!!」

「ガタイもよくてカッコよかったな！」

「でも、あんな人ランカーにいたっけ？」

「は、はぁ」

二人の剣幕に困惑するカナ。レッドサイクロプスはAランクの上位モンスターで、高いＨＰと攻撃力を誇る。複数出現すれば、ＡＡランクのカナでも注意を要する相手だ。防御力も高く、パンチ一発で倒せるハズはないのだが……彼女たちは錯乱しているのかもしれない。レッドサイクロプスは幻惑魔法を使う事がある。

「待っていてくださいね」

カナはダンジョン協会の救護サービスに連絡し、二人を回収してもらった。

（身体が大きくてパンチがすごい人かぁ）

慎重に歩みを進めながら、思い出すのは一人の男性の姿。生まれたばかりのときに両親を事故で亡くし、孤児院で育ったカナ。もう五年以上前になるのか。カナがいた孤児院にやってきた一人のおにいちゃん。小さなワーウルフ族の女の子を連れて、たくさんのお菓子を子供たちにプレゼントしてくれた。大屋ケントと名乗ったおにいちゃんはダンジョン探索者で、デコピン一発で岩を砕くという荒技を見せてくれた。

「まさか、ね」

引っ込み思案な自分と遊んでくれ、探索者を目指すきっかけをくれた憧れのおにいちゃん。そのあとすぐに緋城家の養女になり、欧州に留学したカナ。帰国してから暇を見つけては彼の行方を捜しているが、いまだに見つけられていない。

「おっと、配信中だぞ緋城カナ」

思わず物思いにふけっていたカナは、ぴしゃりと頬を叩くとダンジョンの深部へ急ぐのだった。

グオオオオオオオオンッ!!


「そ、そんな!」

下層フロアの奥で、カナは信じられない敵と遭遇していた。体長10メートルを超えるトカゲの化物。圧倒的な攻撃力と防御力、全てを焼き尽くすブレスを武器とするSランクモンスター……ドラゴンだ。

「な、なんでドラゴンがAランクダンジョンに……!?」

ドラゴンズ・ネストという名前から、ドラゴン種が出現する事は予想していた。だが、Aランクダンジョンで出現するのはレッサードラゴンやワイバーンなどの亜種がほとんどで、純粋種のドラゴンが出現した記録はなかったはずだ。

ブオンッ
「くっ!?」

尻尾の一撃を、辛うじてかわす。

ドガッ!!

黒水晶でできたダンジョンの壁があっけなく粉砕される。まともにくらえば命はない。

@colo　：や、やべぇ……ガチドラゴン!?
@tarou：このままじゃカナが殺《や》られちゃうぞ！　誰か助けに行けよ！
@colo　：いやドラゴンなんか無理だって！
@masa　：ダ、ダンジョン協会の緊急ダイヤルって551よね？
@iorue：カナもここまでかwww　R.I.Pっと。
@jun　：荒らしうぜぇ！　通報したからな！
@tarou：荒らしにかまってる場合か！　誰か何とかしろよ!!

配信コメントも大荒れだ。

（どうする……！）

本来ならSランクの探索者パーティで対処すべき相手。ソロで戦うなんて自殺行為だ。幸い、緊急脱出用のアイテムは持ってきている……さっさと逃げるのが正解だろう。

（でも、もしここでわたしがドラゴンを退治すれば……義父《ジル》は）

自分を認めてくれるかもしれない。


グオオオオンッ！

「……しまった！」

一瞬の躊躇《ちゅうちょ》が致命的だった。

ガバァ
真っ赤な顎がカナに向けて開かれる。もう逃げられない……一瞬後にはドラゴンのブレスが自分を焼き尽くすだろう。

「あ……」

脳裏に浮かんだのは、ひもじくも楽しかった孤児院での日々と、沢山遊んでくれた憧れのおにいちゃんの姿。カナは自身の最期を予見し、目を閉じた。


「うらああああっ!!」

次の瞬間、一人の青年が乱入してきてドラゴンの腹を思いっきり殴りつけた。

ドンンッ!!


「…………は?」

一撃で昏倒《こんとう》し、光の粒子となって消え去るドラゴン。

「…………え、ドラゴンを素手、で?」

ありえない、ありえないない光景である。ドラゴンの皮膚は異様に硬く、いくら格闘スキルを極めていても素手でダメージを与えることは難しい。

「やっぱり名無しのプレーンドラゴンならこんなものか……これでフロアの掃除は終わったな」

「…………ほえ？」

プレーンドラゴン、初めて聞く単語である。クリームの乗ってないマフィン、じゃないんだから……。

「う～ん、さっきのガーなんとかという石像なら、キーファも怖くないかなぁ……？」

ブツブツとつぶやきながら上層フロアに戻っていく男性。

「……えっ？」

ちらりと見えた横顔に、見覚えがあった。

「や、やっぱり……おにい、ちゃんなの？」

綺麗《きれい》に手入れされたあごひげを生やし、カナの記憶の中の姿とは少しだけ違っているけれど、間違いない。むしろもっとカッコよくなってる!?

かあああああっ
自分に向けられた素敵な笑顔を思い出し、顔が真っ赤になる。

「ふわ、ふわわわわわっ!?」

いつものクールな表情はどこへやら。頬を染めながらくるくると転げ回るカナなのだった。

第一章　裏方パパ、迂闊にも娘よりバズってしまう

manamusume no dungeon haishin wo kagede sasaeru mujikaku saikyo papa

◇◇　ダンジョン配信総合フォーラム　◇◇

ころ　：うおおおお、カナがソロで『ドラゴンズ・ネスト』を攻略したらしいぞ!!
Zita　：デマ乙。カナ厨《ちゅう》うぜぇ
まさ　：は？　結局カナって無事だったの？　こりゃあかんと思って最後まで見られなかった。
じゅん：切り抜き動画が上がってるぞ。見たことない男が拳で倒してる。
【動画リンク】
まさ　：ファ――――www
Zita　：ドラゴンじゃねーかwwwwww
たろう：ねーよwwwwwww
ねこ　：草
Zita　：コラだろこれ。
たろう：誰だよこのオッサン……。
二号　：いや、かっこよくね？
たろう：本人乙

まさ　：カナの顔wwwww
たろう：そりゃそうなるだろ……。
Zita　：つーか、カナなにもしてねーじゃん。
ころ　：公式記録ではカナのスコアになるらしいぞ。オッサン、魔石を置いてったらしい。
Zita　：は？　なんで？　ドラゴンの魔石とか、数百万はするだろ？
ころ　：俺に聞くな。
Zita　：ほんで、マジで誰なん？
たろう：ドラゴン倒せるなら最低Sランク以上だよな……ダンジョン協会の探索者データベースにいないんだけど
Zita　：んな馬鹿な……
まさ　：カナ、「お兄ちゃん」って言ってる？　もしかして生き別れの兄？
ころ　：ないだろ。カナって孤児院出身で天涯孤独のはず。本人がインタビューで言ってたぞ？
Zita　：じゃあオトコじゃねえか！　カナ厨死亡wwwwwww
じい　：いや、カナは真面目過ぎて、浮いた話の一つも無く心配していたのじゃよ。ワイは安心した。推せる!!
Zita　：お、おう。カナファンは極まってんな……

――同日、ダンジョン配信プロダクション最大手、桜下《サクラシタ》プロダクション執務室緑がかった黒髪をショートに切りそろえ、ダークスーツをびしりと身に着けた妙齢の女性が、複数のモニターを見つめている。配信大手である桜下プロダクションの代表を務める桜下凜《リン》である。モニターには掲示板、ダンジョン配信専門サイト、国民的ＳＮＳであるポイッターがそれぞれ表示されている。

「この動画……興味深いわね」

眼鏡のレンズがきらりと光る。ダンジョンフォーラムの勢いは止《とど》まるところを知らず、書き込み数は３万を超えた。カナの切り抜き動画はバズりにバズり、再生回数は５００万に届こうとしている。

「長官のおっしゃっていた【隠し玉】って、もしかしたらこの事なのかしら？」

腕を組んで考えこむ。桜下プロダクションは配信業界トップとはいえ、最近は緋城《ヒジョウ》プロダクションの猛追を受けている。ドラゴンを素手でぶっ飛ばしたこの男性が無所属ならぜひ欲しいが、不鮮明な十秒程度の動画から本人を突き止めるのは至難の業だ。

「さすがに、緋城カナにインタビューはできないわよね」

何しろこちらはライバルプロダクションだ。先方に断られるに決まっている。

「それなら……」

カナ公式サイトを開く。

「ダメもとだけど、探りを入れてみましょう」

ファンを装って情報を聞き出すのだ。

◇◇　カナ公式サイト、チャットルーム　◇◇

□さくら：
カナに質問！　ドラゴンをブッ飛ばした人は知り合いなの？
◆カナ＠本人：
よくぞ聞いてくれました!!　わたしが孤児院で暮らしていた時、毎週お菓子をたくさん持ってきてくれて……いつもわたしたち年長さんと遊んでくれていたんです、というか物凄《ものすご》くカッコいいんですよぉ！　ワザと切りそろえてない茶髪はワイルドでぱっと見はぶっきらぼうなんですが子どもたちを見る目は優しくて。あ、でも少年っぽいところもあるんですよ！　ゲームで負けるとガチで悔しがっちゃって、それがまたカワイイんです!!　それにおにいちゃんが連れていたワーウルフの
（省略されました。全文を読むには「続きを読む」を押してください）
□さくら：
お、おう。
□たろう：
お兄ちゃんに夢中なカナかわいすぎ！　推せる!!
□じい：

いつもクールなカナちゃんが、年相応な面を出してくれる事が嬉《うれ》しいわい。冥土の土産ができたのう！

□たろう：

じーちゃーん!!

「……けぷっ」

あまりの勢いに、思わず胸やけがする。緋城カナはクールな実力派ダンジョン配信者だ。可愛《かわい》さよりもハイレベルな戦闘シーンが売りだったはずなのだが……。

「ロクな情報は得られなそうね……」

誰かの問いかけにカナがものすごい長文を返す、それにほっこりするフォロワーという流れが延々と繰り返され、まともな会話をする隙が無さそうだ。

「しょうがない、別ルートからあたりましょうか……って？」

ノートPCを閉じようとした凜だが、カナのコメントの一部分に目が行く。

「ワーウルフ？」

ダンジョン出現後に生まれるようになった亜人族の中でも、特に珍しい種族である。

「もしかしたら、これがヒントになるかも……」

凜は自身の権限を使い、あらゆるダンジョン配信映像を探し始めるのだった。

dungeon news
コメント
ンを素手で倒す神現る
ドラゴンじゃねーかwwwww
ヤバすぎ！！

――――その日の夜、大屋家《オオヤ》リビング

ダンジョン配信を終え、自宅に戻ってきた俺たち。

「ぱぱ、今日もおつかれさまっ」

部屋着であるピンクのワンピースに着替えたキーファは、今日世界が終わってもいいと思うほど可愛い。

ぎゅっ
笑顔で抱き付いてきたキーファを、優しく抱き留める。

「キーファもよく頑張ったな！　ガーなんとかも倒せたし！」

俺の腕の中でふにゃふにゃと笑うキーファの頭をわしゃわしゃと撫《な》でてやる。

「えへへ〜。あの子はがーごいるさんだよ、ぱぱ」

「そんな名前だっけ？　モンスターの種類をなかなか覚えられないんだよなぁ……キーファは天才だ！」

モンスターの種類は野獣系、トカゲ系、軟体系など多岐にわたっていて、分類済みの物だけでも数千種はいるらしい。探索者養成校を優秀な成績で卒業した鑑定スキル持ちの学者さんが日夜研究に励んでいるそうな。俺にはできない芸当だぜ！

「かわいくて天才で強いとか、まさに無敵！」

「あうぅ、ほめすぎだよぉ」

へにゃ、と狼耳《おおかみみみ》を下げて恥ずかしがるキーファは宇宙開闢《かいびゃく》以来最高の可愛さだ。キーファの必殺技であるひっぷあたっく（超可愛い!!）で倒せるよう、こっそりガーなんとかのHPを削っておいた甲斐《かい》があったと言えるだろう。

「ぱぱも、もう少しダンジョンの事べんきょーしてみたら？」

「俺は探索者養成校に通っていないからな……」

キーファを抱きしめながら、昔の事を思い出す。

「ふみゅっ？」

小さい頃、周囲の友人と同じくダンジョン探索者に憧れていた。だが残念ながら、俺に探索者適性は現れず……ふてくされた俺は仕方なく大学進学を選び、受験に失敗して浪人生活を送ることになる。そんな時、モンスターの群れが俺の住んでいた街を襲った。突然ダンジョンからモンスターが溢《あふ》れ出る【ダンジョンブレイク】。

発生が深夜だったことが災いして、救援部隊の派遣が遅れた。コンビニに夜食を買いに行っていた俺が気付いた時には、自宅は両親ごとモンスターの群れに呑《の》み込まれていた。

眼前に迫るモンスター。死を覚悟した時……突然探索者適性が目覚めたのだ。無我夢中で抵抗を続けるうちに、いつの間にか朝になっていた。救援部隊の活躍でダンジョンブレイクは抑え込まれ、俺はただ一人生き残った。失意のどん底に沈んだ俺は、殺到するマスコミを避け廃墟《はいきょ》と化した街を歩く……その時、瓦礫《がれき》と化した自宅の片隅で、か細い泣き声を聞いた。そこにいたのは小さな小さな狼の子供。生まれたばかりの、ワーウルフのキーファだった。

何でダンジョンブレイクの跡地にいたのか、今でもよくわからない。だが、このまま放っておいたらこの子の命の火が消えてしまう。そう感じた俺は、キーファを自分の娘として育てることにした。

「キーファがこうしていられるのは、ぱぱのおかげ」

俺が昔の事を思い出していることに気付いたのか、真面目な表情になると俺をじっと見つめるキーファ。吸い込まれそうな蒼《あお》い瞳。ほんのりピンクに染まったすべすべのほっぺ。ぶんぶんと振られる尻尾。

ああ、俺の娘はなんて可愛いのだろう。

「だいすき、だから……」

ぐうううう～！

真剣な表情から放たれるはずの愛の言葉は、盛大なお腹《なか》の音に遮られた。

「ぷっ……晩飯にするか！」

「あううぅ～」

恥ずかしそうに両手で顔を隠してしまったキーファをソファーに座らせると、俺はエプロンを装着して台所に立つ。

今日のメニューは……キーファの大好きなハンバーグだ!!

「むふ～、おいしい～♡」

ぱくぱくぱく
「ほっぺにお弁当が付いてるぞ?」

「ふにゅ～～」

俺の手作りハンバーグを美味《おい》しそうに頬張るキーファ。俺がキーファに初めて振る舞った手料理で、少しナツメグを効かせるのが彼女のお気に入り。週に一度は必ず作る、俺たちの思い出の味だ。

ダンジョン探索の休憩時間におやつを食べるキーファ、通称『ぱくぱくキーファ』はウチのちゃんねるの人気コンテンツだが、手料理を食べてくれるキーファを見るのはパパの特権である。

「ねえぱぱ、『ませき』を集めればもっとお金がかせげるのに、なんでやらないの?」

「ん～、そうだなぁ」

モンスターを倒すことで得られる魔石。マナと呼ばれる不思議な元素から生まれるダンジョンクオーツが集まってさらに大きく結晶化したもので、母体となるモンスターのタイプにより様々な効果を発揮する。今やほとんどの家電や電子機器に組み込まれており、大幅な性能向上や省エネを実現した夢の素材だ。ソイツを回収するのが探索者の主目的の一つではあるのだが。

「魔石の種類はたくさんあって、狙った魔石を捕るには色々勉強しなきゃだし。そんなことに頭を使う時間があったら……キーファの為《ため》に料理の練習をするぜ!!」

なんといっても魔石はライフゲージのチャージに使えないからな。

「それに筋トレだ!」

プロテインを飲んで、バーベルを挙げる俺。俺は魔法や派手なスキルを使えない。頼れるのは己の肉体のみである。

「それと、お金には困ってないから」

ダンジョンブレイクの被害者に出る特別遺族年金やらキーファへの児童手当やらがあるので、二人で暮らしていくには十分だ。配信の副収入で貯金すらできている。

「ほんと～？　キーファが中学生さんになったら、もっとお金がかかるよぉ？」

にぃ、といたずらっぽい笑みを浮かべるキーファ。

「おいおい、まだまだ先の話だろ？　それまでに貯金しておけば……」

言いかけて気付く。キーファもいつの間にか小学三年生。中学校に上がるまで、あと三年半ほど。思うほど先ではないのかもしれない。

「三年半……１３００日くらいか……！って」

その瞬間、否応《いやおう》なしに意識してしまう。キーファのライフゲージの残りは、８０３日分。配信を始めて一年。増やす事のできたライフゲージは……。

「…………」

期せずして流れてしまったしんみりした空気に慌てたのか、パタパタと両手を振るキーファ。

「そ、それはおいといてっ！　もしお金持ちになれたら、ぱぱにステキなおよめさんがきてくれると思ったんだけどな～」

「……こらこら！」

愛らしい表情でとんでもないことを言い出すキーファのほっぺをむにむにする。

「にゅあ〜っ!?」

いつの間にそんな言葉を覚えたんだこの子は。やはり小学生にスマホを持たせるのは危険なのだろうか？　ただ、キーファはダンジョン配信者である。彼女が返信する可愛いコメントはウチのちゃんねるのキモであるし、不適切なコメントは俺がすべてチェックしている。それでも懲りない悪質フォロワーは住所を突き止めて個人的にお話（意味深）する事もある。

「むむぅ」

だがしかし、キーファも母親が居なくて寂しいのだろうか？　彼女を娘にしてから八年以上。ずっとシンパパ状態だったからな〜。

「むむむむぅ」

キーファは天使以上に可愛いから、誰にでも好かれるだろう。だが子連れのアラサー高卒ともなると、婚活マーケットでは苦労するに違いない。

「むむむむむぅ」

「あぅ、ごめんねぱぱ。キーファの言ったことは気にしないで」

思いのほか俺が考えこんでしまったからだろう。慌てた様子のキーファが俺の目の前にスマホを差し出してくる。

「そ、そんなことよりっ！　ポイッターですごいバズってる動画を見つけたんだ〜」

「……………ん？」

キーファからスマホを受け取る。

「なになに？　『ドラゴンを素手で倒す神現る』？」

表示されているのはとあるインフルエンサーのアカウントだ。アカウントのトップには、二分ほどの動画が張り付けられている。どうやら緋城カナ（さすがに俺でも名前は聞いた事がある）のダンジョン配信の切り抜きみたいだ。

「んんんん？」

背景に映っているダンジョンは、俺たちが今日潜ったドラゴンズ・ネスト。

『グオオオオオオオンッ!!』

咆哮《ほうこう》と共に、ドラゴンが出現した。動揺しているのか、映像がブレる。

あれ、たしか緋城カナって上位ランクの探索者だよな？　プレーンドラゴン（仮）にビビるなんて……って、このプレーンドラゴン、どこかで見たことがあるような？　気になった俺が動画のシークバーを進めようとした時。

どさっ

何かが倒れるような音がした。

「……え？」

顔を上げた俺が見たのは、テーブルに突っ伏して意識を失っているキーファの姿。

「キ、キーファっ!?」

俺はスマホを放り出し、キーファを抱きかかえ外に飛び出すのだった。

――三十分後、とあるクリニック

タクシーを限界までブッ飛ばしてもらい、掛かりつけの町医者を訪ねる。診察時間外であったが、無理を言ってキーファを診てもらった。

「……先生、どうですか？」

「ふむ……熱は下がったの。もう大丈夫じゃろう」

特殊な治療薬を注射し、経過を観察していた老医者が額に浮かんだ汗をぬぐう。

「よ、よかった……！」

思わずその場にへたり込む。真っ青だったキーファの顔色は正常に戻り、聞こえる呼吸音も規則正しい。何とか落ち着いてくれたようだ。

「いつもありがとうございます、治次郎《ナオジロウ》さん！」

「いやいや、礼には及ばんよ」

彼の名前は佐々木《ササキ》治次郎さん。まだまだ数が少ない亜人族専門のお医者さんである。

「君のお祖父《じい》さんには世話になったからの」

「…………」

治次郎さんの言葉に思わず顔をしかめてしまう。俺の祖父、大屋凱人《ガイト》はダンジョン行政を司《つかさど》るダンジョン庁の外郭団体、日本ダンジョン探索者協会の名誉総裁だ。俺がすべてを失った、あのダンジョンブレイクが発生した時……祖父はダンジョン庁の長官を務めていた。

『昨年発生した大規模ダンジョンブレイクの調査に人員を割いており、対処が遅れた。この規模のダンジョンブレイクの発生を事前に予測できなかったのは大変遺憾であり、被害者の遺族には最大限の支援を約束する。ただ、突発的なダンジョンブレイクの予知は困難であり、弊庁の対応に問題があったとは思わない。人員の拡充については各省庁と調整して……』

テレビでお役所的な答弁を繰り返し、両親の葬儀にも顔を見せなかった祖父に対し……正直良い感情は持っていない。

「ケント君の気持ちも良く分かるがの。ガイトさんの尽力でダンジョン協会の即応部隊が拡張され、緊急脱出アイテムの開発も進み……ダンジョン探索はより安全になったのじゃよ?」

「ええ、分かっています」

祖父は公人としての責務を果たし、充分な成果を挙げていた。そう理解はしているものの……個人の感情はまた別なのだ。

「それより、キーファの病状はどうでしょうか?」

「ふむ……」

キーファがもっと小さいとき、熱を出して寝込むことが何度かあった。『発作』のような症状を見せたことも。治次郎さんのクリニックに掛かるようになって、ここ数年は比較的安定していたのだが……。

「ケント君も知っての通り」

ＰＣを操作し、キーファのカルテをモニターに映す治次郎さん。

「地下から湧き出るマナという元素がダンジョンクオーツや魔石の素になる。亜人族の中でも珍しい種族であるキーファちゃんは、特に体内マナの属性変化に敏感での」

カルテの上にグラフがオーバーレイされ、赤・青・茶……五色の線が複雑な軌跡を描く。

「そいつが【マナ欠乏症】と呼ばれる病気を引き起こしておるのじゃが、彼女が成長するにつれ、そのバランスが乱れやすくなっておる……ワシの予測も甘かったようじゃ」

治次郎さんがモニターに映ったカルテを切り替える。キーファのライフゲージ消費見通し……つまり彼女の寿命だ……を表す数値を修正する治次郎さん。

＝＝＝＝＝＝＝＝＝
氏名　：大屋　キーファ
年齢　：8歳
種族　：ワーウルフ
LG　：■■□□□□□□□□　803日→433日
＝＝＝＝＝＝＝＝＝

「っっ!?」

思わず息を呑む。

「マナ欠乏症の治療薬はいまだ研究中の劇薬じゃ。発作を抑えるたびに、キーファちゃんのライフゲージは大きく減ってしまう」

「……はい。自分たちで何とかするしか、ないんですね」

血がにじむほど唇をかみしめる。

「ダンジョンポイントでライフゲージをチャージできれば良かったんじゃがの」

マナから自然に結晶化するダンジョンクオーツと異なり、人工的に精製するダンジョンポイントは日本ダンジョン探索者協会の公式ショップで買う事もできる。

「いえ、ダンジョンクオーツをライフゲージに変換できる装備を作ってもらえただけで、ありがたいですよ」

キーファの右耳に着けられたアミュレットを優しく撫でる。治次郎さんが作ってくれたコイツのお陰で、キーファに投げられたダンジョンクオーツをライフゲージにチャージできるのだ。

「生命の根源たるライフゲージに干渉するには、マナと同じ五大属性を持つダンジョンクオーツが必要不可欠。無属性のダンジョンポイントではできん芸当なんじゃ」

「はい、何とかたくさんダンジョンクオーツを投げてもらえるよう……頑張ります!!」

「ワシの方でも研究は続けておる。無理をせんようにな」

「はいっ！　何から何までありがとうございます！」

俺は治次郎さんに一礼し、すっかり眠りこけているキーファを背負い自宅に向かう。

「……うにゅ～、ぱぱぁ～♡」

背中から聞こえる可愛い寝言に、口元が綻ぶ。

（やはり、フォロワーを増やしてバズらせるしかないのか……ならば！）

キーファの為に、派手な配信をするしかない……俺はひそかに決意を固めるのだった。


「それにしてもじゃ、何故《なぜ》今頃になって」

ケントとキーファが帰った後、クリニックの書庫で亜人族の症例を調べる治次郎。ケントにはああ言ったが、二か月前の定期健診ではこれほどのマナバランスの乱れは観測されなかった。なんらかの外的要因があると思われるのだが、ワーウルフは亜人族が生まれるようになってから三十年間で百人ほどしか存在せず、症例が極端に少ない。

「……ぬ？　これは？」

電子化された学術誌のページをめくっていた治次郎の手が止まる。

「ワーウルフ族双生児における特殊症例？」

レポートの登録日は三か月ほど前。最近見つかった症例のようだ。

「ふむ……」

レポートの内容を要約するとこうだ。ワーウルフの女性が双子を妊娠し、臨月を迎え入院。だが、出産予定日の一か月ほど前に突如体内のマナバランスが崩れ、双子の片方は死産。母体にも深刻なダメージが残った。

「じゃが、キーファちゃんは【転生組】と言うとったし……」

亜人族には異世界の魂が【転生】してくる場合と、転生者を母体としてこの地球で生まれてくる場合がある。

「まさか、な」

ダンジョンが出現し、亜人族が生まれるようになって三十年。後者の例はまだまだ少ない。治次郎は書庫に籠り、調査を続けるのだった。

――早朝、桜下プロダクション執務室

「ふわああああっ……やはり、これかしら」

あくびをかみ殺す凛。結局、徹夜してしまったが、その甲斐あってそれらしきアカウントを発見することができた。

「キーファちゃんねる……フォロワー数は2025人、開設日は一年前か」

零細チャンネルという訳ではないが、上位には程遠いフォロワー数。配信動画の再生回数も毎回2000回くらいであり、熱心なファンが付いているマイナー配信者といった所だろう。

『こんにちは！　キーファだよ～』

直近の配信動画は昨日投稿されており、動画のサムネイルをクリックするとのんびりとした少女の声が再生された。

「‼　カワイイわね！」

一瞬で目が覚めた。ふわふわの銀髪ワーウルフ。しかも幼い。10歳には届いていないだろう。小学生のダンジョン配信者もいなくはないが、低学年というのは聞いたことが無い。思わず目を奪われた凜だが、動画が進むにつれこのらちゃんねるの登録者数が伸び悩んでいる理由が分かってくる。

『え～いっ♪』

ワーウルフの少女が相手にするのはスライムなどの低ランクモンスターばかりであり、更にスタッフがある程度ダメージを与えているのか一撃で倒すばかりで探索のドキドキ感が全く無い。

「……惜しいわね」

キーファと名乗った少女は掛け値なしに可愛い。彼女のポテンシャルならもっと上を狙えるのに……。

「おっと」

思わずプロデューサー視点になっていた。凜はぴしゃりと頬を叩《たた》くと動画の細部に注目する。

「場所は……ドラゴンズ・ネストで間違いなさそうね」

スライムと戦うレベルの探索者が、Aランクダンジョンに潜るとは信じがたいが……。

しゃ、しゃっ
「ん？」

動画に映るか映らないかの超スピードで、黒い影が画面を横切る。

『キーファ、次のモンスターが出たぞ～！』

画面に姿は映らないが、男性の声が聞こえる。フォロワーのコメントを見ると『パパ』と呼ばれる人物らしい。

『うわぁ！　今度はガーゴイルさんだぁ！』

少女の前に石像型のモンスターが出現する。小学生探索者には厳しい相手……だがよく見ればガーゴイルの鋭い爪は切り取られており、ふらふらと動きが鈍い。

（こ、これは……！）

幼い少女が簡単に倒せるよう、ＨＰが調整されている？

（凄いわね！）

それを凜レベルの人間が注意深く見ないと気づかないほど自然にやってのけるとは……。緋城カナの切り抜き動画と同じダンジョン……さりげない超絶技巧。パパと呼ばれる人物が、ドラゴンを拳でブッ飛ばした噂《うわさ》の人物だと、凜は確信していた。

ぴこん！

「ん？」

その時、キーファちゃんねるの通知欄に書き込みがされた。

KENTO：本日午前十一時から臨時のダンジョン配信やります！　場所は……。

「面白いじゃない」

この配信動画をバズらせ、自分のプロダクションにスカウトする。そう考えた凜は、キーファちゃんねるのアドレスと配信へのリンクを桜下プロダクションのトップページ、おすすめコーナーに載せるのだった。
『ウワサのドラゴン動画の主、このチャンネルのスタッフかも！』
　というキャプションと共に。

◇◇　ダンジョン配信総合フォーラム　◇◇

ころ　：カキコの勢いもようやく落ち着いたな
まさ　：結局、昨日のドラおじの正体は不明なん？
Zita　：≫まさ　幾つか候補は張られたけどなりすましだったな。
じゅん：そいや、カナはまだ色ボケしてんの？
ころ　：書き込み過ぎてアカウントが凍結されたらしい。
じゅん：草
Zita　：カナって不愛想だと思っていたけどかわいい所あったんだな。
たろう：≫Zita　よくぞ聞いてくれました!!
カレ1号：カナ厨は帰れ。
ころ　：それより桜下プロが無名の配信者を推してんぞ！　トップページ見ろ！
カレ1号：は？　今日のトップはカレンのイベントだろ？
ころ　：マジだって！　今すぐ見ろ！

じゅん　：え……？　『ウワサのドラゴン動画の主、このチャンネルのスタッフかも！』って？
たろう　：マジか！　ドラおじ見つけたのか！
Zita　：動画クリックしたらじょぅじょが出てきたんだが。うっ……ふぅ。
カレ1号：通報した。

――――同日午前十一時、ダーク・アビス上層フロア

「きょ、今日はキーファちゃんと一緒に『ダーク・アビス』を攻略するもふ！　僕はキーファちゃんのお友達のケンだよ！」

「……ぱぱ、さすがに無理があるよ」

着ぐるみの頭だけを被《かぶ》り、ぎこちなくドローンカメラの前でポーズを取る俺に、ジト目のキーファから容赦なくツッコミが入る。

「しょうがねーだろ！　準備の時間が足りなかったんだよ！」

「ぱぱ、そのままのほうがカッコいいのに～」

「うっ……（感涙）！」

キーファのライフゲージを補充するため、ダンジョンクオーツを急いで集める必要があった。だが、本調子でないキーファに無理をさせたくない。

（本当は頼みたくなかったけど、背に腹は代えられないしな）

祖父に依頼し、ある程度稼げるダンジョンの探索権を融通してもらった。代償として、今度祖父が帰国した際にキーファを連れて遊びに行くことになってしまったが。金にモノを言わせてじぃじムーブをして来るのでかなりウザい。

（今日は俺が頑張るしかない！）

いつもはキーファを目立たせるため裏方に徹している俺だが、今日は俺がメインでダンジョンを攻略する。とはいえ、キーファちゃんねるの可愛いイメージを崩したくない。考え抜いた末に思いついた苦肉の策がこれである。

@masa ：無理があるぞ、パパ wwwww
@kan21 ：なんで顔だけくまさんなんだよ wwwww
@pino ：キーファたんのジト目かわいすぎない？　新たな魅力か!!

「しょうがないもふ！　急すぎて用意できなかったんだよ察しろもふ！　あとキーファのジト目がかわいいのは全面同意だ!!」

ナイスコメントをしたフォロワーに投げ銭しておく。

@pino ：視聴者に金投げんな www
@uchi ：ていうか『ダーク・アビス』ってAAランクダンジョンだよ？　大丈夫？

「え、そうなん？」

何しろ急いでいたからな。祖父から貰《もら》った探索権で入れるダンジョンリストの一番上にあったから選んだんだが。

@uchi　：去年Sランクパーティの『ブレイカーズ』がモンスターの大群に襲われて大損害を出した所だぞ？　マジで危なくね。

@masa　：それ以前にランクが低いと中に入れないはず。パパどうやって入ったの……

「そう言われても……なんか、勝手に扉が開いたし」

@masa　：いやいや、そんなバカな……。

ウソだろ？　そんなヤバいダンジョンだったのか？　入り口のセンサーにダンジョンアプリを読み込ませたら扉が開いたぞ？　ちゃんとロックしといてくれよ……。

ズモモモモ

よく見れば、ダンジョンの壁からヤバそうな煙がしみ出している。しかも悪いことに、このダンジョンはある程度モンスターを倒さないと出られないタイプらしい。

「くっ……！　俺だってステータスを強化したんだ……なんとかするしかない！」

俺はここに来る前に立ち寄った、ダンジョン協会での出来事を思い出していた。


――――　前日、日本ダンジョン探索者協会本部

「ダンジョンポイントをなるべく沢山下さい！」

ドサッ
鑑定コーナーのカウンターに、封筒に入れた現金とカバンを置く。

「は、はぁ」

俺の勢いに担当者さんは困惑気味だ。

（キーファの負担を減らすために、もっと強くならないとな！）

ショップで購入可能なダンジョンポイントは無属性であり、キーファのライフゲージのチャージには使えないのだが、俺のステータス強化には使える。

「本日の公定レートは10ポイント当たり2万円（税別）になります」

カウンターの上に設置されたモニターに、取引レートが表示されている。

「ここに100万円あるんで、まず500ポイントと……」

ごそごそ
カバンの中からこぶし大の魔石を取り出す。

「イフなんとかのコア……らしいんですけど、なんとかダンジョンポイントと交換できませんかね？」

治次郎さんにアミュレットを作ってもらい、本格的に配信者を始める前。少しでもキーファの身体《からだ》に効くアイテムは無いかと各地のダンジョンに潜っていた時に手に入れた物である。

「体を温めてマナを活性化できないかと思ったんですが、ちょっと温度が高すぎまして。いまはケトル代わりに使っているだけなんです」

「…………………は？」

ぽかんとした表情を浮かべる担当者さん。だよなぁ、いきなりケトルを買い取ってくれと言われてもな。だが、湯沸かしにしか使ってないとはいえ、それなりに苦労して手に入れた魔石である。せめて１００ポイント分くらいになれば良いのだが……。

「え、は？　本当にイフリートのコア？　たしかここ十年でイフリートの出現報告は１００体以下。そのうち倒せた事例は20例ほど、コアの回収数は……」

「うえええええええええええっ!?」

何故か白目を剝《む》いて立ち上がり、頭を抱えて叫ぶ担当者さん。ど、どうしたんだろう？　もしかして、イフなんとかは保護モンスターで、狩っちゃいけなかったとか？　背中に冷や汗がにじむ。

「か、鑑定には時間が掛かりますので一週間ほどお待ちください。ですが、最低Ａ＋ランクのアイテムですので、ご希望通りダンジョンポイントで仮払い致します」

ぴっ

俺のアカウントに、ダンジョンポイントが振り込まれた。

＝＝＝＝＝＝＝＝＝＝

ダンジョンポイント残高：3,440（+3,000）

＝＝＝＝＝＝＝＝＝＝

「おおっ！」

思ったよりたくさん貰えたぞ。

「あざ～っす！」

俺はイフリートのコア（ケトル）を持ったまま汗をかいている担当者さんに手を振ると、急いで協会を後にした。何しろ明日までにくまの着ぐるみを探す必要（超重要）があるからな！

――ダーク・アビス上層フロア

そうだ、ダンジョンポイントを買ったはいいが、ステータスにチャージするのを忘れていた。

「た、探索を開始する前にケンのステータスを強化するもふ！」

@masa：お、マジでパパも探索に参加するんだな！

@kan21：そいや、パパのステータスみるの初めてかも。

「みんな、わくわくだねっ！」

キーファまで、コメント欄を煽《あお》る。派手なスキルを使えるわけでも可愛い訳でもない、裏方に徹してきた俺のステータスを見ても面白くないと思うんだが。

（お？）

コメント欄を見た時に気付いたが、現在の視聴者数が５千人を超えており、いまも増え続けている。

（いつもより多いぞ！）

ようやく世間がキーファの可愛さに気付いたのだろう。気分を良くした俺は、自分のステータス画面を開き……。

ALL：え、ええええええええええっ!?

次の瞬間、大量のコメントがコメント欄を埋め尽くした。

@kan21：は？　いやウソだろ？

@pino　：【朗報】ドラおじ最強。

@chacha：桜下プロのトップページから来たけど、さすがにコラじゃね。

みんな一様に驚いている。なんだなんだ？　俺なんかよりキーファを見てほしいんだが！

「あっ、なるほど！　お前ら、俺が弱すぎてビックリしてるんだな？」

キーファには可愛さという最強武器があるが、俺はしょせん顔だけくまさんである。鍛え上げた肉体は自慢だが、キーファちゃんねるの客層には刺さらないだろう。

「パパとして、まずキーファの強化を優先するだろ？　キーファはワーウルフで、ステータス上昇に必要なダンジョンポイントが人間より多いのよ。どうしても自分の事は後回しになるって。最近ダンジョンポイント高いしよ」

ワーウルフは特殊な力を持つこともあり、ステータス上昇に伴うダンジョンポイント消費レートが悪い。お陰でステータス強化にはかなり苦労しているのだ。配信画面を改めてキーファのステータスに切り替える。俺のステータスなんて面白くもなんともないからな。

＝＝＝＝＝＝＝＝＝＝
氏名：大屋　キーファ　　　種族：ワーウルフ
年齢：８歳
HP：82/82　　　MP：30/30
攻撃力：55
物理防御力：200　　　魔法防御力：200

魔力：10　　　　　　　　必殺率：20
LV1 格闘→ひっぷあたっく
LV1 射撃→ボウガン連射
LV1 レア→テンションアップ、にこにこキーファ
＝＝＝＝＝＝＝＝＝＝

「あ、そうだ。ダンジョンポイントに余裕あるし、キーファの防御力あげとこ♪」

俺はダンジョンアプリを起動すると、キーファのアカウントに接続する。俺はキーファの保護者なので、アプリを通じてキーファのステータスを強化できるのだ。

＝＝＝＝＝＝＝＝＝＝
氏名　：大屋　キーファ
…………
物理防御力：210（+10：ダンジョンポイント 1600 を消費します）
＝＝＝＝＝＝＝＝＝＝

ダンジョンアプリのステータス強化機能が発動し、キーファの全身をほのかな光が包む。

ぱあああああっ

「わあっ♪　またキーファつよくなったよ！　ありがとうぱぱ!!」
むんっ、とポーズを取るキーファ。世界一可愛い。
@kan21：流れるようにキーファたんを強化して草。そして、やっぱワーウルフは強化効率悪いんだな……。
@pino　：探索者用のダンジョンアプリ、やっぱいいなぁ。
@chacha：ダンジョンポイントのトレード機能だけじゃなく、ステータス強化やスキル習得、ダンジョンのマッピング機能もあるんだっけ？
@kan21：自分のステータスが見られたりダンジョン内で高速度通信ができたりもするぞ。
@chacha：もしかして、ドラおじってこれでもエリート？
コレって言うな。ていうかドラおじって何だよ……。
「ま、俺は探索者養成校に通えなかったモグリの探索者だけどな。派手な魔法やスキルが無いからってガッカリしないでくれよ？」
フォロワーに向けておどけてみせる。現状一番の懸念事項がそれである。俺の探索がウケなかったらどうしよう……なるべく沢山ダンジョンクオーツを投げてもらいたいのに。
@kan21：え、パパって探索者養成校出てないの？

@pino　：ど、どうやってライセンス取ったん？

探索者になるためには、自動車の免許のように探索者養成校に通うのが普通だ。俺は探索者を志したのが19歳と遅かった事、学費の問題もあり養成校には通えなかった。

「どうやってって……協会のライセンス試験を直接受験した。ちなみにキーファもだぞ」

「ぶいっ♪」

俺の隣で、キーファが可愛くVサイン。

@kan21：ま、マジか!?
@pino　：規格外すぎるだろこの親子 wwwww

そ、そうか？　確かにキーファの探索者ライセンス取得は史上二番目の若さだったらしいが……

やっぱりキーファが凄いってことだな！

@chacha：それよりそれより！　パパのステータスもっかい見せてよ！
@yasu　：今来たんだけど何ココ？
@g123　：ここのスタッフがドラゴンをブッ飛ばしたドラおじって本当？
@yasu　：え、この子が探索すんの？　かわいいけどまだ子供じゃん……。

@kan21 ：なんか視聴者増えてね？
@pino ：パパ、はやくはやく！

「あ～、何だよお前ら」
そんなに俺がステータス強化する所が見たいだなんて、変な奴《やつ》らだぜ。しぶしぶ自分のステータスを開きなおす。

=========
氏名：大屋　ケント
年齢：27歳　種族：人間
HP：2500/2500　MP：0/0
攻撃力：1500
物理防御力：900　魔法防御力：900
魔力：0　必殺率：）
LV3格闘↓右ストレート
LV3間接↓全回復
LV2レア↓超てかげん、非常脱出、キラキラ紙吹雪（キーファ演出用、超だいじ！）
=========

「な？　やっぱり面白くもなんとも……」
さっさとＨＰと攻撃力を強化しよう、そう考えていた俺だが……先ほどを上回る勢いでコメントが書き込まれていく。

@yasu　：は？　なにこれ？
@g123　：強すぎｗｗｗｗｗｗ
@masa　：草しか生えないｗｗ
@yasu　：いやいや、さすがにコラだろ？
@masa　：【朗報】パパ超脳筋ｗｗｗ
@g123　：世界ランカーの統次《トウジ》でも攻撃力９９０だよな？
@yasu　：うせやろ……統次以上？
@chacha：これならドラゴンを拳で一撃も可能なのか？
@kan21　：レアスキル三つって何……？
@kan21　：ちょっとポイッターで宣伝してくる!!

「？．？．？．？．」
あっという間に千を超えるコメントが書き込まれる。俺が……強い？　思わず困惑してしまう。

探索者適性が目覚めた際、ある程度のダンジョンポイントが付与される。俺はそれがちょっぴり多かったので、体力と攻撃力と防御力に全振りしただけだぞ？　他のステータスも0ばっかだし、養成校に通えなかったせいで高度な魔法やスキルが使えず、武器を扱うのも苦手だから拳で戦っているくらいだ。華麗な剣技や魔法を駆使して戦うトップ探索者には及ぶべくもない。

「あ～、そうかそうか。お前ら俺にドッキリを仕掛けるつもりだな？　『えふえふ』ならステータス上限は９９９９だものな。最近の探索者トレンドは五桁ステータスなんだろ？　騙《だま》されないぜ！」

えふえふとは国民的ＲＰＧで、最新作ではＡＲダンジョン探索モードが実装されて人気である。もちろん俺とキーファも大好きだ。

@masa　：ゲームと一緒にすんな wwww
@g123　：そんなワケあるか wwww　≫五桁がトレンド
@pino　：え、マジで言ってんの？

食い下がってくるフォロワーたちは置いといて、さっさと自分のステータスを強化しよう。

＝＝＝＝＝＝＝＝＝＝＝

氏名：大屋　ケント
年齢：27歳　　　　種族：人間

HP：2500/2520　　　（+20：ダンジョンポイントを800消費します）
攻撃力：1510　　　（+10：ダンジョンポイントを800消費します）
＝＝＝＝＝＝＝＝＝＝

「やべ、ちょっと使い過ぎたかも……」

キーファのステータスを上げるのが楽しすぎて、自分用にあまり残していなかった。

「ま、何とかなるだろ！　それじゃあ配信始めるぞ！　俺のキーファをちゃんと見ておけよ……じゃなかった、見ておけもふ！」

@masa　：そのキャラまだ続けんのかよwww

「いけ〜、ぱぱ！　ごーごー♪」

肩車したキーファが可愛く拳を振り上げる。ああ、これだけで元気いっぱいだ。俺は力強く地面を蹴ると、ダーク・アビスの奥に向かって駆けだした。

――――ダーク・アビス中層フロア

「ぱぱ、トロールさん！」

キーファを肩車したままダンジョンを疾走していると、身長3メートルはあろうかという巨人が2体現れた。青い肌と丸太のような腕を持ち、得物として巨大な棍棒《こんぼう》を持っている。

@g123　：は？　中層でいきなりトロール!?
@pino　：ダーク・アビスやばっ！
@kan21　：さすがに危なくない？　ドラゴンよりは弱いとはいえ……2体もいるし！

ざわつくコメント欄。ウチのフォロワーがキーファを驚かそうと大げさなコメントをするのはいつもの事である。

「トロールっていうのか、さすがキーファは物知りだな！……ほんで、コイツつよいの？」

@g123　：知らんのかい！
@kan21　：いつも通りパパ、モンスターに興味なさすぎで草。

「ん～～、ぱぱよりは弱いと思う！」
「おっしゃ！」
キーファのお墨付きが出た。これで楽勝である。

@pino　：キーファたんかわE。
@chacha：トロールは弱くないよ？　Aランクだよ？
@g123　：もしかして、キーファちゃんの判断基準ってパパなの？

　盛り上がるコメント欄を横目に見ながら戦闘準備を整える。俺はキーファを床に降ろすと、軽く構えをとった。

「まだまだボスは先だもふ！　キーファちゃんの手を煩わせるわけにはいかないもふ！　ここは僕に任せるもふ！」

「わ～い、頑張れぱぱ～♪」

　背中のくまさんリュックからポンポンを取り出すと両手に着け、応援してくれるキーファ。

（うおおおおおおおおおおっ!?　かわいすぎるぞキーファ!!）

　ドローンカメラを使って、余すことなくキーファの応援を超高画質で記録する。ダーク・アビスの内部は名前とは裏腹に、壁を構成するクリスタルがほのかに光を放ちとても明るい。温かさすら感じる照明に照らされたキーファの姿はまるで現世に降臨した天使のようだ。この映像はスマホの大切フォルダに永久保存しよう。

@g123　：この子かわいすぎて草。
@yasu　：ドラおじの娘ちゃんなの？

@umi　：総合フォーラムから来た……って、カワイイが溢れてる!?

くくく……フォロワーたちもキーファの愛らしさに骨抜きにされている。いつの間にか視聴者数もいち、じゅう……1万人を突破した。テンションが上がった俺は、トロなんとかに向かって地面を蹴る。

ブンッ

@umi　：……え？
@g123　：速すぎない？　一瞬消えたぞ？

「おらっ！」
ドンッ！
トロなんとかAに右ストレートを叩きこむ。一撃で半身が吹き飛んだ……やはり強くない。
ガ、ガウッ
慌てて得物の棍棒を振り下ろしてくるトロなんとかBだが、右ストレートの反動を利用し、トロなんとかAの胸を蹴った俺は余裕をもってその攻撃をかわす。
「これで、終わりだっ!!」

トロなんとかBの懐に飛び込み、屈《かが》み込んだ俺はヤツの顎めがけて思いっきりアッパーカットを放つ。

「うらあっ!!」

ドガッ!!

トロなんとかBの巨体は天井にめり込み……あっさりと最初の戦闘は終わったのだった。

「……ありゃ？」

フォロワーの反応を見ようとスマホを開くと、コメント欄には『書き込みが殺到したため、一時的に表示を制限しています。順次反映されますのでしばらくお待ちください』と表示されていた。

なんだなんだ？　配信システムのことはよく知らないが、サーバーエラーだろうか？　トロなんとかばりに弱いサーバーである。

「まあいいや、順調に視聴者も増えているし……このまま奥へ行こうか！」

「うんっ！　やっぱりぱぱはスゴイな～!!」

「キーファの応援のお陰だぞ？」

「えへへ～♡　ぱぱがかっこいいからだよっ！」

「うっ……（感涙）」

視聴者数もどんどん増え、1万3千人を超えた。過去一順調である。俺はキーファを肩車しなおすと、ダンジョンの奥へと進んでいくのだった。

――――　桜下プロダクション、執務室

「そ、想像以上ね……」

目の前で繰り広げられる『ダンジョン配信』のありえなさに、めまいがしてくる。ドラゴンズ・ネストに潜る事ができるレベルの探索者なのだ。ドラゴンを一撃で倒したと言っても、高価なアイテムや装備を使ったり……入念な事前準備をしたうえでの戦闘だと考えていた。

「まさか……力技での正面突破だなんて！」

『ドガッ!!』

配信映像では、グランキメラ（ＡＡランク）が『パパ』の拳に吹き飛ばされている。

「これでよし、と」

彼らが利用していた配信サーバーはすぐパンクしてしまったため、サーバーの管理会社と交渉し、凜の権限で桜下プロダクションのサーバーに転送した。ドラゴンを拳でブッ飛ばした噂の男が配信をしているという口コミは瞬く間に広まり、現在の視聴者数は１００万人を超えている。日本国内だけでなく海外からのアクセスも多く、アーカイブ配信の依頼も桜下プロダクションへ殺到していた。

「最高性能の配信サーバーを手配して！　最優先！　それと、権利関係の調整をお願いするわ。予算は青天井よ！　私の電子印を使っていいから！　宣伝部はプロモーションプランを考えておいて！　契約したらすぐ開始よ！」

……彼らはまだ桜下プロダクションの所属ではないのだが、この配信を見てライバルたちも動き出すだろう。できるだけ迅速に行動する必要があった。

「さて……」

部下への指示を出し終え、一息つく凜。配信を見て分かったことがいくつかある。ケントは圧倒的な戦闘力を持っているが、戦い方は粗削りで魔法も使えない。過去の記録を漁《あさ》ってみたところ、八年ほど前に起きたダンジョンブレイクを生き残った民間人で、探索者養成校への在籍記録はなく、どこかのギルドに所属したこともない。

「けど、ダンジョン協会にライセンス登録されていたわね……」

件《くだん》のダンジョンブレイクの一年ほどのち、大屋ケントという人間が協会の探索者試験を受験し、ライセンスが付与されていた。探索者ランクなどの記録はここ数年更新されておらず、膨大な記録の中に埋もれたままになっていた。

「もしかして彼は……？」

大屋という苗字《みょうじ》が気になる。まさか、長官の？

「一度長官に伺ってみようかしら……っと、それよりも」

まずは彼を桜下プロダクションにスカウトすることが先決である。配信動画を見る限り、彼は娘であるキーファを何よりも大切にしており、彼女のアピールに余念がない。

「差を付けるとしたら、そのあたりね」

この配信が世界的にバズることは分かり切っている。凜はケントとキーファの人となりを知るため、過去の配信動画の視聴を開始するのだった。

――――二十分ほど前。ダーク・アビス下層フロア手前

「う～ん、直らないな」

コメント欄が止まったと思ったら、今度は配信動画が動かなくなった。同時視聴者数も2万を超えたところで固まっている。配信代行サイトのサポートに問い合わせたところ、権利的な問題解決のため、十分ほど時間が欲しいと返答があった。よく分からないが、プロにお任せしよう。

「なら、休憩するか！」

今回の配信では俺が戦っているとはいえ、キーファは全力で俺のことを応援してくれている。十万年後も語り継がれているであろうチア・キーファの可愛さを堪能したい気持ちはあるが、休ませてやった方がいいだろう。

「ナイスなことに、休憩室がある！」

蒼いクリスタルで作られた美しいダンジョンの通路、突き当たりの壁の右側に『この先、休憩室』の表示が見える。

「本当にあるんだな……さすが探索権が必要なダンジョン！」

一部の上位ランクダンジョンは探索が長時間に及ぶことから、回復ポイントだけじゃなく休憩室が設置されているらしい。

「いつもの低ランクダンジョンはすぐにクリアしていたから、わくわくするぜ！」

入り口のセンサーにダンジョンアプリをかざすと音もなくクリスタルの壁がスライドした。

「ねえねえ、ぱぱ！　今日のおやつは何かな？」

「リンゴを練りこんだカスタードクリームたっぷりの、シュークリームだ！」

「シュークリーム!!　やったぁ!!」

ポンポンを持ったままのキーファがぴょんと飛び跳ね、彼女の周囲を星がキラキラと舞う。

（くうっっ!?　なんて眩《まぶ》しいんだ！）

絶対キーファのライフゲージを増やしてみせる！　改めて俺はそう誓うのだった。

「……って、なんかふつーだね」

「普通だな」

ソファーがあって自販機があって……部屋の中は意外と普通だった。微妙にテンションの下がった俺たちは、急いで糖分補給を済ませることにした。

——一時間後、ダーク・アビス最奥部

「ぱぱ、ボスさん！」

「おお、アレなら俺も知ってるぞ！　イカキング、だろ!!」

「くら〜けんだよっ、ぱぱ！」

「……そうだっけ？」

一時間ほどの探索の末、俺たちはダーク・アビスの最奥までやってきていた。ボスモンスターらしき巨大なイカがじゅるじゅると大部屋を埋め尽くしている。青白い表皮は粘液でてらてらと光っており、いかにも打撃が通りにくそうだ。まぁ、俺には関係ないが。

「イカ焼き一万人分くらい作れそうだな……ていうか、なんで地下に巨大イカが？」

「そういうのは気にしちゃダメなの。ダンジョンのことわり、だよ？」

ふと脳裏に浮かんだ素朴な疑問を口にしたところ、キーファにめっ、されてしまった。

「そ、そうか……キーファは賢いなぁ！」

@g123　：クラーケンすら知らなくて草。
@yasu　：そう言われれば、なんで水生モンスターがダンジョン内に出るんだ？　気にしたことなかった……。
@umi　：パパ症候群の患者がここにもwwwww
@pino　：AAランクダンジョンの入り口から最下層まで二時間……？　夢かな？

「モンスターの出現回数が少なかったからな、非番だったんじゃね？」

@g123　：んなわけあるか笑

@pino　：パパの動きが速すぎて、センスターの出現が追い付かなかった説。

「むぅ」

今日はキーファの好きなアニメの放映日だし、病み上がりのキーファに無理をさせるわけにはいかない。そう言われれば、いつもより少しだけ駆け足だったかもしれない。

「……あ、しまった。急ぎ過ぎてキーファの見せ場を作ってねーわ。チア・キーファは最強にかわいかったけど！」

大事なことを思い出す。あくまで配信元はキーファちゃんねるだ。俺のむさい戦いだけでは、フォロワーを惹《ひ》きつけることはできないだろう。

「えへへ～大丈夫だよぉ。キーファ、見とれちゃったもん。ぱぱの動きがすっごく速くて、フォロワーさんたちもぱぱに夢中だよ！」

「キ、キーファ……！」

パパの落ち度を褒めてくれるとか、天使か？

……ああ、天使だったわ。

ぎゅっ！

「ぱぱ～♡」

キーファを優しく抱きしめる。

@kan21：いつもの！
@umi　：初めて来たけど、神業攻略にかわいい娘ちゃん……やば、ハマるかも。
@g123　：これが整うってことか!?
@pino　：多分違う笑。

「……んっ？」

夢中で戦っていたので気にしてなかったが、いつの間にかコメント欄が復活している。

「え？　コメント数が……いち、じゅう……11万!?」

よく見ればコメント数がとんでもないことになっている。

「ぱぱ、しちょうしゃさんの数もスゴイことになってるよ！」

「な、なにっ!?」

キーファの声に配信動画のキャプションを見れば、『視聴者数：1,273,452』人と表示されている。

「ひゃ、１００万人……以上？」

思わず唖然《あぜん》とする。今までの最高記録は『2,850』人である。

い、一体何が起きたんだ？

@kan21：パパ、カナの配信切り抜きがバズりまくったの、もしかして知らない？
@umi　：ドラゴンを素手でブッ飛ばした男がいる、って朝のニュースでも流れてたのに。

@g123　：桜下プロダクションが注目配信としてトップに載せたんだぜ？
@pino　：それでいきなりトロール退治劇場、バズって当然だよ。
@chacha：キーファちゃんもかわいいし!!

最後のコメントには1万％同意だが……プレーンドラゴンを倒しただけのアレが、そんなに人気になったのか？　桜下プロダクションは俺でも知っているダンジョン配信の最大手だ。

（こ、これはチャンスかもしれない！）

何が何だかよく分からないが、これだけ視聴者が集まっているなら都合がいい。キーファにダンジョンクオーツを投げてもらえるようにアピールするべきだろう。

「あ～、そういう事なら視聴者のみんなにお願いがあるもふ。キーファちゃんをより輝かせるために、沢山のダンジョンクオーツが欲しいもふ。僕の配信が面白いと思ってくれたなら、キーファちゃんにダンジョンクオーツを投げてほしいもふ!!」

とりあえず、可愛くお願いしてみる。

「みんな、おねが～いっ♡」

すかさずキーファが追撃。これで堕《お》ちない生物はいないだろう。

@g123　：顔だけくまさんはともかく、キーファちゃんかわいすぎだろ！
@umi　：え、投げ銭じゃなくていいの？

「ぜひ、ダンジョンクオーツをお願いするもふ！　属性は何でもいいもふ！」

@umi　：オレ今5個しかないんだけど……パパが最後に凄いバトルを見せてくれたら投げるわ。
@g123　：あ、俺も見たい！
@pino　：私も！
@kana-hijo：おにーちゃーん!!
@kan21：……なんかいま、カナいなかった？

「任せろ!!」

つまり、俺がド派手にイカキングを倒したら、ダンジョンクオーツを投げてくれるという事だろう。

「行くぜっ！」

やる気の出た俺は、イカキングに向き直る。

ビシュッ
無数の触手が俺たちに迫ってくるが、その動きはあきれるほど遅い。イカ焼きにしてやれないのは少し残念だが、キーファの為に倒させてもらうとしよう。

「おおおおおおおおおおおっ!!」

「わ～♪　ぱぱカッコいい!!」

キーファの歓声に後押しされた俺は力強く大地を蹴り……。

「ケントパパ、スーパーフィニッシュブロウ!!」


ドンッ!!!

適当な技名（今付けた）と共に放たれた渾身《こんしん》の右ストレートは、イカキングを粉々に吹き飛ばしたのだった。

――――三時間後、大屋家リビング

「ふぅ、少しだけ疲れたな」

イカキングを倒してダーク・アビスの攻略を完了した。なんかまたコメント欄が壊れてしまったので、キーファのびくとりぃポーズをエンディングにして配信を終え、俺たちは自宅に戻っていた。

「シュークリーム、おいしい～♪」

今日は可愛すぎる応援で頑張ってくれたからな。ごほうびの特大シュークリームにかぶりつくキーファ。

「ぱくぱく♡」

ほっぺと鼻の頭にカスタードクリームを付けてシュークリームを堪能するキーファ。可愛さの暴風である。

「そういえば、今日は『ぱくぱくキーファ』を配信する余裕がなかったな」

このシーンは有料フォロワー限定動画にしよう。

「さてさて」

どれだけダンジョンクオーツが投げられたのか……俺はそれが気になっていた。

「そこそこ貰えていると信じたい」

何しろ１００万人以上の視聴者がいたのだ。

「とはいっても、ダンジョンクオーツを残していないヤツも多いからなぁ……」

ダンジョンクオーツは、地球にダンジョンが出現した三十年前から人間の体内に発生するようになったマナの結晶で、探索者適性を持つ人間にとっては経験値のようなものだ。一般人にもダンジョンクオーツは発生するのだが、その量は年間10～30ポイントと探索者適性を持つ人間に比べるとごくわずか。

「何しろ売れるからな」

ダンジョンに興味がなく放置している人や、小銭稼ぎのためダンジョン協会に売ってしまう人もいるので意外に貯《た》めている人間は少ない。

「だがっ」

何度も説明するが、キーファのライフゲージをチャージするには、協会のショップで購入できる無属性のダンジョンポイントではなく、人間の中に生まれるマナと同じ属性を持ったダンジョンクオーツが必要なのだ。

『投げ銭とダンジョンクオーツの集計が完了しました』

「おっ！」

その時、俺のスマホに待ちに待った通知メッセージが届いた。俺たちが契約している配信代行業者が、配信中に投げられた投げ銭とダンジョンクオーツをアプリに振り込んでくれるのだ。

「もちろん、手数料は取られるけど」

祈るような思いで、ダンジョンアプリを開く。

「…………はっ？」

そこに表示されていたのは、驚くべき数値だった。

【配信No：270502-S11876
投げ銭：2,382,312円
ダンジョンクオーツ：33,216（※属性毎《ごと》の獲得数は明細を参照してください）
＊上記より、手数料5％が引かれます】

「「え、ええええええええっ!?」」

俺とキーファの叫び声が、部屋中に響き渡る。

「さ、3万以上？」

投げ銭はともかく、ダンジョンクオーツの量が異常だ。恐らく、数万人が投げてくれたのだろう。

しかも、各属性のクオーツがバランスよく含まれていて、そのまま使うことができそうだ。

「す、すげぇ！」

なんかバズってた（？）お陰なのかもしれないが、最後のスーパーフィニッシュブロウも効いたに違いない！

「よし、さっそく使ってみるか！」

「うんっ！」

善は急げ、俺はゲットしたダンジョンクオーツをキーファのライフゲージにチャージすることにした。

「ぱぱ、お願いっ」

ソファーに寝ころび、目を閉じて両手を組むキーファ。

「ふうっ……」

これだけのダンジョンクオーツをライフゲージのチャージに使うのは初めてだ。少し緊張してしまう。

「『命よ』！」

コマンド・ワードを唱え、そっとキーファの右耳に着けられたアミュレットに触れる。

「んっ」

くすぐったそうにキーファの狼耳がぴくんと動く。ハート型の精緻な金細工。その中心にはめ込まれた紫色の宝玉が、まばゆい光を放つ。

ぱあああああっ

同時に俺のスマホにインストールされたダンジョンアプリが起動する。ダンジョンクオーツ口座に接続されたことを確認し、結晶化《マテリアライズ》を選択。

さら……さららららっ

スマホの先端部から砂のような粒子が零《こぼ》れ落ちていく。赤、青、茶、緑に黄色。各属性のダンジョンクオーツが結晶化しているのだ。

「クオーツの状態だと、キレイだよな……」

詳しくは知らないが、魔石やダンジョンクオーツを精製して得られる無属性のダンジョンポイントは素粒子レベルに細かい粒で、目で見ることはできないらしい。

キイイインッ

零れ落ちたダンジョンクオーツがアミュレットに触れると、各属性の色に宝玉が輝く。

（ご、ごくっ）

今のところ、ダンジョンアプリの動作もアミュレットも正常だ。思わず生唾を飲み込み、キーファのステータスを注視する。

きらきらきら

温かな光が、キーファの全身を包んでいく。

==========

氏名　：大屋　キーファ

年齢　：8歳

種族　：ワーウルフ

LG　：■■□□□□□□□□　433日

==========

LG　：■■■□□□□□□□　513日

「つっっ!!」

キーファのライフゲージが、確かに増加した。十分ほどの時間を掛け、すべてのダンジョンクオーツをチャージしていく。

LG　：■■■■□□□□□□　633日

「あ……あああっ」

もう、言葉にならない。先月チャージできたライフゲージは14日分。先々月は20日分。配信を始めてから減る速度は鈍ったものの、徐々に削られていくキーファの命。俺もキーファも明るく振舞うようにしていたが、心の底に渦巻いていた焦り。それが今、晴れたのだ。

「や、やったぞ！」

万感の思いを込めてガッツポーズ。

「……ぱぱ！」

ライフゲージへのチャージが完了し、ゆっくりとキーファが両眼を開く。宝石のように美しい蒼い瞳は、いつも以上に煌《きら》めいている。

「キーファ！　良かった……良かったぁ！」

へなへなと腰が抜ける。

「う、うえええええんっ！　ぱぱぁ!!」

だきっ！

俺たちは涙を流しながら抱き合う。とくん、とくん……キーファの鼓動を感じる。命の温かさをかみしめながら、俺はキーファを抱きしめ続けた。

「今夜はごちそうだぞ！」

「うんっ♡」

くまさんエプロンをして台所に立つぱぱ。愛《いと》しさが心の奥からあふれだしてきて、お気に入りのくまさんクッションをきゅっと抱きしめる。そういえば、このクッションは5歳のお誕生日のとき、ぱぱが作ってくれたんだっけ。ぱぱ曰《いわ》く、癒しの魔石を織り込んだクッションの感触は最高で、ほおずりしてしまう。

（そういえば、小学校のにゅうがくしき）

何とかここまでたどり着いたと、大泣きしていたぱぱの姿は、記憶に新しい。

「えへへ」

左右の耳がぴこぴこと動き、ふわふわの尻尾が無意識にハート形を描いているのが分かる。ぱぱがキーファの未来を拓《ひら》いてくれた。

「だいすき♡」

その言葉を口にするたび、身体の中がポカポカする。ちょっと恥ずかしくなってきたので、あにめでも見よ～っと！

お気に入りのアニメを見ながらソファーに座るキーファをほっこりと眺めながら、夕飯のメニューを考える。心なしか、いつもより世界が輝いているようだ。

「……って、ありゃ？」

勢い込んで冷蔵庫を開けたものの、中に入っていたのは野菜ばかりで肉や魚がほとんどない。

「しまった……買い物に行くのを忘れていた」

昨日からバタバタしていたせいだ。健康のため、野菜も食べさせるようにしているがキーファはワーウルフ。やはりお肉やお魚が大好きなのだ。

「いまから買い出しに行くと遅くなるよなぁ……」

時刻は既に午後六時半、この際外食も考えるべきか？　俺がこの後のプランを考えていると、リビングから俺を呼ぶ声が聞こえる。

「ぱぱ、スマホさんがぶーぶーいってるよ！」

「んん？」

生活の全てがキーファ中心に回っている俺にとって、スマホに登録している連絡先は少ない。キーファの主治医である治次郎さんに、配信関係の業者、昔の友人くらいだ。

「なんだなんだ？」

スマホを見ると、そこに表示されていたのは50を超えるメールの通知。メールのタイトルは……。

『大屋拳人《ケント》さまへ、スカウトのご案内』

大量のスカウトメールだった。

「これはＡＢＣプロダクション？　配信関係か。こっちは迷宮神技？　ああ、ダンジョン探索ギルドかぁ」

メールの内容は大体一緒だった。

『貴方《あなた》をギルドの（プロダクションの）メンバーとしてスカウトしたい。最上級の待遇をお約束する。報酬条件はうんぬんかんぬん』

「わわ！　『迷宮神技』ってランク2位のつよつよギルドだよ！　ＡＢＣプロダクションはさいき

ん伸びてる配信会社で、エース配信者としてぱぱを迎えたいんだって！」

「ほほ～」

相変わらずキーファの知識はスゴイ。いやぁ、ウチの娘は天才だなぁ！

「ぱぱ、ちゃんと考えようね？」

「すまん」

……叱られてしまった。高度なスキルや魔法が使えないＢ級探索者の俺に沢山スカウトが来るなんて、実感が湧いて来ない。

「ぱぱ、どうかな？　なかまができるのもいいと思うし！」

キーファは俺がボッチ探索者な事を気にしてくれているのだろう。俺はキーファがいるだけで幸せなんだけどな～。とはいえ、キーファが真剣に考えてくれているのだ。ちゃんと内容を読むべきだろう。

「……うーん、ＡＢＣプロダクションは宣伝力があるけど手数料が高いな。迷宮神技は日本一稼いでいるギルドだからかノルマがキツイ……」

他のスカウトも似たり寄ったりだ。

「……だめ？」

「そうだな……」

どこかの配信プロダクションに所属した場合、視聴者は集まるだろうが配信活動にはプロダクションの意向が絡むはずだ。下手をすれば今より配信の回数が減るかもしれないし、手数料も30～

40%は取られる。探索者ギルドは稼げるが海外のダンジョンへの長期出張もあると書いてあるので……。

「キーファとの時間が減るのは絶対NG!!」

「ぱぱ♡」

俺的に問題外なのであった。それに、キーファにはマナ欠乏症の発作の心配がある……長期間彼女のそばを離れることは考えられなかった。

「今日はあれだけ視聴者が集まったしなぁ……」

現時点であまりどこかに所属するメリットを感じない、というのが正直なところだ。とはいえ、ソロは不安定なのも確かだし……。

「むむむ……ていうか、どこもキーファの事に触れていないのが気に食わないな」

コイツらはちゃんと配信を見ていたのだろうか？　銀河系一可愛いチア・キーファが降臨したというのに！　むくれていると、一通のメールが目に留まる。

「差出人は……桜下凜？」

どこかで聞いた事があるような？

「どれどれ？」

『豪快なケントさんの戦いと、かわいいキーファちゃんの応援に目を奪われました。まずは色々お話したいので、お食事にでも行きませんか？　もちろん、キーファちゃんとご一緒に！』

「……へぇ」

ちゃんとキーファを見てくれた人もいるようだ。いきなり条件を提示してこないところも好印象。メールに添付されていたお店の場所は、ウチの近く。オススメメニューは……。

「はんばーぐ!!」

……少しくらい話を聞いてみてもいいだろう。よだれを垂らしたキーファの勢いに負け、俺たちは桜下さんと食事に行くことになった。

――午後七時半　鉄板焼きレストランの個室

「わーいわーい♪　チーズはんばーぐ♡」

じゅううううっ

あふれ出す肉汁と、とろける北海道産チーズが鉄板で混ざり合い、魅惑の香りを醸し出す。

「はむっ！　ふみゅ～んっ♪」

ハンバーグをひとくちかじり、ルーブル美術館に飾られるレベルの笑顔を見せるキーファ。く、俺の手作りハンバーグはまだお店レベルには達していないという事かっ！

「えへへ、ぱぱのはんばーぐは別腹だよぉ♡　いつもおいしいご飯作ってくれてありがとうっ！」

「うっ（感涙）！」

ほっぺにソースをつけながら、満面の笑みを浮かべてそう言ってくれるキーファ。あまりの愛しさに、店の中だというのに思わず抱きしめてしまう。

「ふふ、実際に会ってみると本当にかわいいですね」

「でしょう!!」

俺たちは桜下さんと待ち合わせをし、とある鉄板焼きレストランを訪れていた。

「……改めまして、私こういうものです」

まずは生ビールで乾杯、チーズハンバーグがあらかたキーファの胃袋に消えたころ、居住まいを正した桜下さんが、胸元のポケットから名刺を取り出した。

「あ、ありがとうございます」

キーファ中心の生活を送ってきて、バイトくらいしか社会人経験のない俺である。いささかオロオロしながら名刺を受け取る。

「キーファと素敵なぱぱです！」

「ふふ、ありがとうキーファちゃん」

そんな俺を尻目に、くまさんポーチから可愛い肉球が描かれた手作り名刺を取り出すキーファ。彼女はパソコンも得意なのだ。ああ、可愛くて天才とか俺の娘は最高だな！　己の幸せをかみしめながら、名刺の内容を確認する。

「桜下プロダクション代表……桜下さんってもしかして？」

俺でも知っているダンジョン配信のパイオニアであり最大手。所属する探索者は二百名を超え、日本ランカーも多いという。

「ふふっ。改めまして、桜下プロダクション代表を務める桜下凛と申します」

微笑を浮かべ、一礼する桜下さん。ダークスーツに包まれた体躯《たいく》はすらりとしているが、しっかりと鍛えられている様子が見て取れる。もとは探索者だったのかもしれない。

「……あのねぱぱ、凜さんっていったら、世界ランクに載ったこともある凄腕《すごうで》探索者さんだよ？」

「そそそ、そうだっけ？」

キーファのジト目が俺に突き刺さる。テレビに出てくるレベルの有名人しか探索者を知らない俺である。キーファの成長記録なら、分単位で覚えているんだけどな！

「昔の話ですが。ありがとうございますキーファちゃん」

「えへへ～」

にっこりと笑みを浮かべ、キーファの頭を撫でる桜下さん。尊い光景だぜ。

「……ここからは仕事の話をさせてください」

桜下さんの声色が仕事モードに切り替わった。

「単刀直入に言いますね。私のプロダクションに、キーファちゃんとケントさんをスカウトしたいです」

桜下さんの双眸《そうぼう》が、まっすぐに俺を見る。まあ、そうだよな。俺たちとメシを食いに来ただけ、な訳が無い。

「ウチはノルマもありませんし、ケントさんのペースで配信していただいて結構です。それに、手数料は現在ケントさんが利用されている個人向け配信代行業者と同じ……にはさすがにできませんが、10％で如何《いかが》でしょう？」

「そ、それは……！」

他のスカウトに比べて破格の条件である。

「なお、手数料を頂くのは投げ銭についてだけで、ダンジョンクオーツに関しては頂きません」

「!!」

「……沢山必要でしょう？」

桜下さんの言葉に驚いてしまう。彼女は……知っているのだろうか？

「……ウチは配信プロダクションの老舗ですからね。ワーウルフの子が在籍していたこともありましたよ」

「な、なるほど」

腕を組んで考えこむ。この条件であれば、俺たちにデメリットはほとんどない。今とほぼ変わらない状態で、桜下プロダクションの集客力を利用できる。

（だが……）

話がうますぎる、とも感じるのだ。八年前、ダンジョンブレイクから生き残り、キーファを引き取った後。集まってきた大人たちの事を思い出す。

『百名以上の死者が出たのに、どうして一人だけ生き残ったのか。特殊な亜人族を手に入れるため、ダンジョンブレイクを利用した可能性も？』

ある事ない事、面白おかしく書き立てるマスコミ。俺の探索者適性を確認しようと有名（？）探索者が押し掛けてきたこともあった。何故そっと見守ってくれないのか。うんざりした俺は田舎に住んでいた叔父さんのところに身を寄せ、ほとぼりが冷めるのを待った。キーファちゃんねるのフォロワーは増やしたいが、桜下さんがその大人たちと同類である可能性もあるのだ。

「……ケントさんもご存じかと思いますが」

腕を組み、考え込む俺を見ながら言葉を重ねる桜下さん。先ほどまでの真剣な表情と異なり、僅かに悪戯《いたずら》っぽい笑みを浮かべている。

「投げ銭、ダンジョンクオーツ共に、配信収入に対して税金が掛かります。すでに昨年と比べて桁違いの収入があったと思いますが、ダンジョン協会の追及は厳しいですよ？」

「うっ、忘れてた……」

そういえば、手に入れたダンジョンクオーツは、ほぼ使い切ってしまった。

「ウチに所属して頂ければ……様々な優遇措置を利用できます」

「ううう っ!?」

唸《うな》る俺に、チャンスとばかりに畳みかけてくる桜下さん。

「それに、ケントさんはキーファちゃんをいい学校に入れたい……ですよね？」

「な、何故それを!?」

「キーファちゃんねるの過去動画はすべて視《み》ましたので」

「神ですか!!」

という事は……俺の願望も把握されているに違いない。

「ウチは中高一貫の探索者養成校兼学園も経営しています。こちらです」

「うおおおっ!?」

俺でも知っている有名学園のパンフレット。ちなみに制服が超可愛い。

「私の権限で、キーファちゃんを学園に推薦する事も……」

「……すみません降参です」

これだけの条件を提示され、俺に断るという選択肢は用意されていないのであった。


「このせーふく、とってもかわいいね!! キーファ、着るの楽しみ♪」

桜下さんから手渡された学園のパンフレットを嬉しそうに眺めるキーファ。中学生になったキーファ……もしかしたら叶《かな》わないかもしれない、そう思っていた未来が現実のものになりそうで、思わず涙で視界が歪《ゆが》む。仮契約を終え、個室には穏やかな空気が流れていた。

「ありがとうございます。キーファのことまで考えてくれて」

「ふふ、ケントさんはキーファちゃんのことが本当に大切なのですね」

「なにしろ宇宙一の娘ですからね!!!!」

「私も全力でサポートさせていただきます。ウチとしてもメリットが大きいですから」

俺の事情、キーファの事情……気になるところは多いはずだが、必要以上に詮索されない事もありがたい……まあ、桜下さんの調査能力なら既にある程度知られている気もするが。

「それでは堅苦しい話はここまでにして、遠慮なく飲みましょう！」

どどんっ！

行きつけの店なのか、焼酎のキープボトルを取り出す桜下さん。この人……イケる口だな？

「キーファのおねむ時間は午後九時ですから、そこまでという事で」

「……あとはおとなの時間、ごゆっくり？」

「この子は！　どこでそんな言葉を覚えたんだ！」

むにむにむにむに
「ふみゅ～～!?」

「!?　かわいい……これはお酒が進みますね!!」

何かスイッチが入ったらしい桜下さんにしこたま飲まされ、キーファのおねむ時間が一時間遅れてしまうのだった。

第二章　大手プロダクションに移籍した

——三日後、午前十時　都内某所

「ほえ〜、でっかいビルだね、ぱぱ！」

「ウチのマンションの20倍はあるぞ……」

キーファを肩車したまま、目の前のビルを見上げる。三年前に竣工《しゅんこう》した１２０階建ての高層ビルで、低層階はショッピングモール、上層階は高級マンションになっているセレブ御用達《ごようたし》のなんちゃらヒルズってやつだ。

桜下《サクラシタ》プロダクションと契約を結んだ俺たちは、加入会見をするためにここに来た。プロダクションの本社が10〜12階に入居しており、配信用スタジオも複数あるらしい。

「桜下さんってマジですごい人なんだな！」

「じゃっかん14歳で世界ランカーパーティ、ヒージョグランデのアタッカーをしてたんだよね！　キーファ、ファンになっちゃった〜」

スマートで優しい綺麗《きれい》なお姉さん。キーファが憧れるのも当然だろう……凄《すさ》まじい酒の強さだったけどな！

「それじゃ、凜《リン》おねえちゃんに会いにいこー！」

豪華な回転式ドアをくぐり、オフィス棟のエレベーターで12階の受付に向かう。

「ふふっ。ケントさん、キーファちゃん。お待ちしておりました！」

なんと、社長である桜下さん直々の出迎えだ。若草色のシャツにオフホワイトのカーディガン。サファイアがあしらわれた胸元のネックレスが華やかだ。

「さて、スタジオに行きましょうか」

（ひゃ～っ）

（うおおおおっ）

配信用スタジオに足を踏み入れた途端、華やかな照明が俺たちを照らす。拍手で迎えてくれる沢山のスタッフさん。このような場所に縁がない俺たち親子（庶民）は少々緊張しながら席につくのだった。


「こんにちは～！　キーファだよ♪　今日は、ぱぱから大事なお知らせがあります！」

配信が始まってしまえばいつも通りだ。冒険着に着替えたキーファが、カメラに向かってぶんぶんと両手を振る。グレーのシャツの上にくまさんのアップリケがついたピンク色のジャケットを羽織り、動きやすそうなショートパンツからは、ほどよく日焼けしたすらりとした脚が伸びる。キーファお気に入りのピンクのスニーカーには、着用者の動きをアシストしてくれる魔石（ダーク・アビスで拾った）を組み込んである。

@kan21　：今日もキーファたんかわE！
@pino　：あれ、キーファちゃんの冒険着、少し変わってる？

「よくぞ気づいたなお前!!」

ナイスコメントをした視聴者のアイコンをずびしと指さす。ついでに投げ銭しておく。

「以前の冒険着でもキーファのかわいさは完成されていたのだが!!」

「えへへっ」

くるりとカメラに背を向けるキーファ。

「このようにっ！」

ふわり、とピンクのリボンがキーファの動きに合わせてハートマークを描く。

「キーファのかわいい尻尾にリボンを取り付けた！　コイツは魔力を上げてくれるだけじゃなく……キーファの感情に合わせて動く優れもの！」

「ぱぱだいすき♡」

「キーファ……！」

ぎゅっ
感極まった俺はキーファを優しく抱きしめる。

@umi　：また始まった笑

@g123　：だから視聴者に金投げんなｗｗｗｗｗ
@daichi：……初めて来たけどいつもこんな感じなん？
@g123　：おう、キーファちゃんを褒めると金貰《もら》えんぞ。
@daichi：いや、どんな配信だよ……。
「コメント欄もいい感じに盛り上がっているな！」
「……そ、そうかな？」
@g123　：ていうかパパ、今日はアンタらの移籍会見だろ？　まずは自己紹介しろよｗｗ
「……おっと、忘れていたぜ！　キーファのかわいさはいくら語っても足りないからな！」
俺は額に浮かんだ汗をぬぐうと、メインカメラの方を向く。
「かわいいカワイイキーファの父親で、配信者の大屋《オオヤ》ケントです。趣味はキーファの成長アルバムをつけること、特技はキーファの為《ため》においしい料理を作ること!!　以上！　桜下さんお返しします！」
カメラに一礼する。まあ、俺のことはこれくらいでいいだろう。
@kan21：パパ、自己紹介の意味わかってなくて草。

@g123　：ただの親バカじゃねーか！
@daichi：これでクラーケンをパンチ一発なんだろ？　想像以上にやべー奴《やつ》で草。
@peko　：意外にカッコいいかも……。

むむ……俺のことなんてどうでもいいからキーファの可愛《かわい》さを讃《たた》えてくれないだろうか？　そしたら投げ銭してやるのに。

「……申し遅れました、桜下プロダクション代表の桜下凛です」
苦笑しながらマイクを取る桜下さん。

@daichi：おお、凛たんじゃないですか！
@peko　：もう探索はしないの？
@g123　：アラサー凛たんすこすこ。

ぴきっ
桜下さんに対するコメントが書き込まれた瞬間、彼女のこめかみに青筋が浮かぶのが見えた。
「……本日の主役はキーファちゃんとケントさんですので。私に対するコメントはご遠慮願います」

@umi　：あまりふざけてると成敗されんぞ？
@g123　：さーせんｗ

「……改めてのご案内になりますが、『キーファちゃんねる』は五月一日付で桜下ダクション所属となりました。弊プロダクションが提案する新たな配信モデルを説明させていただきます」

ヴンッ
桜下さんが手元のＰＣを操作すると、配信動画が切り替わる。

「ケントさんが主宰する『キーファちゃんねる』は、爽快感と癒しをコンセプトにした新感覚のダンジョン攻略配信になる予定です」

軽快な音楽と共に、ダーク・アビスの配信動画が流れる。

「己の拳とスピードを武器に、モンスターをなぎ倒すケントさんが生み出す爽快感……」

『これで、終わりだっ!!』

『ケントパパ、スーパーフィニッシュブロウ!!』

俺がトロなんとかとイカキングを倒すシーンが大写しになる……これ、マジで恥ずかしいんですけど。モザイクかけてもらえばよかった。

@kan21：あいかわらず無茶苦茶すぎる笑
@umi　：パパ動き速すぎだろwwww
@g123　：ここでトロールに連撃入れてたのか。スローで見ないと分かんねーよww
@daichi：マジすげぇな……かっけぇ！

「なん……だと？」

この俺の雑なバトルが、褒められている、だと？　なんか頬が熱いぞ？

「ちょ、お前ら！　そんなに褒めると恥ずかしいじゃねーか！」

@umi　：照れてるパパ草。
@daichi：【朗報】ドラおじかわいかった。

コメント欄に抗議するものの、その流れは止まるどころか加速していく。

「そう！　照れるぱぱ、カワイイんだよ～！」

だきっ！

腰のあたりにキーファが抱き付いてくる。

「うわっ、キーファまで!?」

「うりうり～♪」

もふもふの尻尾が俺の頬をくすぐる。嬉《うれ》しいやら恥ずかしいやらで顔が赤くなっているのが自分でも分かる。

@daichi：かわいいいいいいいっ！
@umi　：癒されるわ……。
@g123　：この父娘、いいな。
@peko　：『整う』って、こういう事？

「……このように、爽快なダンジョン攻略の後には一服の癒しを用意しています。もし楽しんでいただけましたら、ぜひ投げ銭だけでなくダンジョンクオーツの方もお願いしますね？　この二人がどこまで到達できるか、見たくはありませんか？」

@daichi：うおおおお、さっそくちゃんねる登録するわ！
@peko　：友達にも薦めよ。
@hinako：うわぁ、こんな温かい気持ちになる配信ちゃんねる初めて！　応援しますね！
@g123　：とりあえずクオーツ投げた～。

「うおお、すげぇ！」

桜下さんの宣伝のお陰で、かなりのダンジョンクオーツを手に入れることができた。

「よし！　テンション上がって来た！　最高なお前らに視聴者プレゼントを用意してきたぞ！」

俺はバックパックから緑色の魔石を取り出す。

「扇風機代わりに拾ってみたけど風力が強すぎて押し入れに放り込んでいた……ケツァルなんとかのコア！　特別にキーファのサインもつけるぜ！」

「!?　いや、それSレアアイテムですから!!」

ALL：!?　いや、それSレアアイテムだっての!!

桜下さんとフォロワーのツッコミが綺麗にシンクロした。

「……あれ？」

なんかダンジョン基本法（？）に引っかかるという事で、視聴者プレゼントは無難にキーファと俺のサイン入りポーションになったのだった。

――――同日、緋城《ヒジョウ》プロダクション休憩室

「ふぅ……少しはしゃぎ過ぎちゃったかなぁ」

企業案件の撮影の合間、休憩室で緑茶を飲んでいるカナ。形の良い眉は少し下がっている。

「でもでも、仕方ないと思うんですよぉ！」

『ダヨネ！』

相づちを打ってくれたのはスマホに入れているサボテン型デジタルマスコット。

「でしょ〜？」

スマホの中で踊るサボテン君を人差し指でつつく。

自分がお世話になっていた孤児院に何度も遊びに来てくれたカッコいいおにいちゃん。今よりもっと恥ずかしがり屋だった自分に優しく接してくれ、探索者を目指すきっかけをくれた憧れの人。

「へへへへっ」

ゆるむ頬を抑えきれない。カナの得物である日本刀の柄《つか》に取り付けられた子犬のラバーマスコットを無意識にもてあそぶ。ケントおにいちゃんがプレゼントしてくれた（しかも手作り!!）もので、カナの大切なお守りだ。

「日本に戻ってきてから忙しくて捜す時間があまり取れなかったし！」

義父《ジル》の意向でイギリスのロンドンにある名門探索者養成校に留学していたカナ。二年前に帰国してからは、トップランカー目指してがむしゃらにダンジョン探索を繰り返した。緋城グループの広告塔としての活動、トップクラスの配信者としてのキャラづくり。ついでに無理を言って入学した普通の高校での生活まで……そういえば連休明けには中間試験がある。

『カナ、ホシュウノジョウレン！』

「……いや〜、臨時の探索案件がね？」

文字通り目の回るような忙しさなのだが、最近ようやく余裕を持てるようになってきた。本腰を入れてケントおにいちゃんを捜そうかと思っていた矢先。

「あんなドラマチックな再会をするなんて！」

ダンジョンの奥でドラゴンに襲われたカナを、絶体絶命のピンチから救い出してくれたのだ。

「しかもしかも、もっとカッコよくなってた！」

『……ソウカ？』

短く切りそろえられたワイルドな茶髪に綺麗に整えられたあごヒゲ。大人の魅力というヤツだろう……ネットでは『ドラおじ』などと呼ばれているが、子育てを経験している男性のみが持つ包容力と渋み……。

「ふ、ふふふふ……うはっ、鼻血が」

垂れてきた鼻血を慌てて拭き取る。もともと年上好きのカナである。ケントのビジュアルと雰囲気は彼女の好みドストライクなのだ。

『ウワ、キタネー！　ソノチハ、モットヨノナカノタメニツカエ？』

毒舌が過ぎるサボテン君に、デジタル肥料を献上しておく。

『ヨキニハカラエ！』

ふんぞり返るサボテン君を弄《いじ》り回しながらも頭の中はケントおにいちゃんの事で一杯だ。とりあえず、プライベートのアカウントを使ってキーファちゃんねるの有料プランに加入した。たくさん投げクオーツをすれば、チャット機能で一対一の会話をすることも……？

「……おっと、ダメだぞ緋城カナ」

はっと我に返り、パチンと頬を叩《たた》く。緋城カナのキャラクターとはかけ離れたムーブをしたうえ、書き込みしすぎて公式アカウントが一時的に凍結されてしまったのだ。マネージャーからも、こっぴどく叱られた。

「でも……」

こっそり見た桜下プロダクションの公式サイトによると、このあと午後二時からケントおにいちゃんとキーファちゃんの会見が行われるらしい。

「うう……見たい。むしろコラボしたい」

だが、緋城プロダクションと桜下プロダクションは不倶戴天《ふぐたいてん》のライバルである。

「はぁぁ」

その願いは叶《かな》いそうになかった。

「ウチがスカウトしてくれたらよかったのに」

ぷくりと頬を膨らませるカナ。だが、高度なスキルを駆使した華麗な戦闘スタイルを重視する義父《ジル》は、ああいう尖《とが》った探索者には興味がなさそうだ。

『カナさん？　所定の休憩時間はとっくに過ぎていますが？』

ヘッドセットから冷厳な声が聞こえる。マネージャーからの呼び出しだ。

「うわぁ!?　すみません、今行きます！」

少女はクールな女子高生配信者、緋城カナの仮面を被《かぶ》りなおすと、プロダクションが所有する配信用スタジオへ向かうのだった。

――――緋城グループ本社最上階、総裁特別室

「これは……あの時の少年か。よもや探索者を続けていたとはな」

緋城グループが所有する高層ビル、その最上階すべてを占める自室で、一人の男がノートＰＣの画面を覗《のぞ》き込んでいた。映っているのは、桜下プロダクションの生放送。一人の青年と、ワーウルフの子供が画面の中で何やらじゃれ合っている。八年ほど前に発生した、中規模の……それでいて世の中に大きな影響を与えたダンジョンブレイクのただ一人の生き残り。

「ふん」

豪奢《ごうしゃ》な革張りの椅子に背中を預ける。見上げるほどの巨漢であり、はちきれんばかりにつまった筋肉が白いスーツを押し上げている……それだけではなく、でっぷりと太った腹も目立つが。

「少々高いＨＰと物理攻撃力を持つほかは凡庸な適性……早々にダンジョンで果てると思っていたが」

ダンジョンブレイクの渦中で探索者適性が発現し、生き残ることに成功したとの情報を得て接触してみたものの、その時の彼はそこまで男の興味を引かなかった。

「それがこうして桜下にスカウトされるとは……興味深い事例だ」

にやりと笑い、オールバックにしたくすんだ金髪を撫《な》でつける。

「【贄《にえ》】候補に加えても良いかもしれんな」

男は壁の一面を埋め尽くすモニターに目を移す。そこに表示されているのは、緋城プロダクショ

ンに所属するダンジョン配信者のフォロワー数と動画の再生回数のグラフ。まるで証券取引所のような雰囲気だ。

「悪くはない……が」

重要なのは配信者がどれだけ世間に知られているか、である。本人の資質は重要ではない。

「本番までには、もう少し検証をしておきたい」

男の目が、モニターの左上を向く。フォロワー157万人。プロダクションに所属する配信者の中でトップクラスの成績を出している少女。

緋城カナ。

緋城プロダクションを始め、様々なダンジョン関係の企業を傘下に持つ緋城グループの総帥であるこの男、緋城ジル・ドミニオンの養女だ。

「大屋拳人《ケント》は前座として使うのが良いだろう」

ジルは黒光りするマホガニー製の執務机の上に置かれた内線電話を手に取る。

「ああ、オレだ。義娘《カナ》が希望しているコラボレーションの件……特別に許可しても良い」

『よ、よろしいのですか？　当プロダクションにメリットはほとんどありませんが……』

ジルが許すとは思っていなかったのだろう。少々戸惑い気味な女性の声が受話器から漏れ聞こえる。

「よい、たまには義娘《カナ》にも餌をやらんとな」

あの娘は父親からのプレゼントだと喜ぶのだろうか。すべては自分の野望の為だというのに、滑

稽で笑いが漏れてくる。

「コラボレーションの舞台はこちらが指定しろ。グループで確保している探索権を使ってもいいからできるだけ上位ダンジョンを選べ」

用件を伝え終えたジルは受話器を置く。椅子を回転させ窓の外に視線をやった。広がるのは大都会東京の摩天楼。東京の地下にもたくさんのダンジョンが存在する。ジルの野望を叶える、金鉱脈。それは彼に豊穣《ほうじょう》の実りをもたらしてくれるはずだ。

「くくっ、楽しみだな」

ジルはそう独りごちると、ワインセラーから高級ワインを取り出し、グラスに注ぐのだった。


――――　数日後、Aランクダンジョン『メタル・スラッグ』

「キーファちゃんねるぅ～♪」

キーファの甘い声と共に、ぴこぴこ動く狼耳《おおかみみみ》が大写しになり、尻尾に結んだ赤いリボンがハートマークを描く。

「フォロワーのみんな、おはようキーファだよ！」

そのままカメラはズームアウトし、笑顔で手を振るシーンへ。ふぅ、今日もキーファは最高に可愛いぜ。

@pino　：キーファちゃんおはよ～！
@kan21：おみみかわE。
@peko　：あれ、パパは？

「いまキーファを撮ってくれてま～す。今日はリクエストに応えて、ぱぱの強さのひみつを大公開しちゃいます！　お楽しみにっ！」

映像は無情にもキーファの手持ちカメラに切り替わり、動画に俺の上半身が映る。

「……大屋ケントだ。桜下さんにどうしてもと頼まれたからな！　こ、今回だけ特別だぞ？」

俺メインの配信なんて、どこ需要なんだ……わざとぶっきらぼうに言い放つ。もちろんキーファの宣伝も欠かさない。

「す、すっげー恥ずかしいんだからな！　ちゃんと後でキーファの過去動画も見るように！　絶対かわいいから！」

@daichi：はいはい ww
@g123　：照れてるパパかわゆす。
@hinako：娘の宣伝を欠かさないパパの鑑《かがみ》だね。

ぐっ……なんだかフォロワーに遊ばれている気がするぞ。

@daichi：ていうかなんだよ、そのサングラス笑

俺がキーファより目立つわけにはいかないからな、ここは譲れないところなのだ。今日は桜下プロダクションに移籍後、初のダンジョン攻略配信。何故《なぜ》か俺のバトルを見たいとリクエストが殺到し、桜下さんの依頼で俺メインでの配信となったわけだ。いやマジで、物好きが多いとは思うが、ここ数日間でキーファちゃんねるのフォロワーは20万人を突破……ご祝儀のダンジョンクオーツを投げてくれたフォロワーもいたので、お礼をしなくてはいけない。

「つーことで、今日はメタル・スラッグに来たわけだが」

@g123　：当然のようにAランクダンジョンに来てて草
@daichi：メタル・スラッグって金属系モンスターが出まくるダンジョンだよな？
@mei-toji：そう、普通は魔法使いを入れたパーティで来るところだな。
@peko　：キーファちゃんもパパも攻撃魔法は使えなかった気がするんだけど。
@mei-toji：おいおい……そんな状態で大丈夫か？
@g123　：金属モンスターに打撃攻撃は効かないって聞いたぞ？　ガチで危ないんじゃ……。

ざわつくコメント欄。どうやら視聴者の中にモンスターに詳しい奴がいるらしい。

「へ～、アイツら魔法が有効なのか～カチカチなのにな！」
「ほえ～、キーファもそのへん詳しくないから……勉強になるね！」
「ああ！　視聴者さんに感謝だな！」

@kan21　：この父娘よ www
@daichi　：……なんでこのふたりはこんなにのんびりしてんの？

「いや、だってさ……っと」
うぞぞぞ
フォロワーと雑談をしていると、ダンジョンの奥から金属系モンスターが現れた。メタル・スラッグの床や壁は黒光りする鉄のような物質で構成されている。壁の隙間から水銀チックな銀色の液体金属が大量に染み出して来たかと思うと、数カ所が盛り上がり人型を成した。

@mei-toji：メタルパペット!?　コイツら動きが速いから危険だぞ！
@daichi　：しかもメタル・スラッグに出る個体は自動回復するんでしょ？
@peko　　：ウソ!?　ガチヤバじゃん！

盛り上がるコメント欄。勉強になるなぁ。

「めもめも」
愛用のノートに教えてもらった知識をメモするキーファ。さすがは俺の娘である。
@mei-toji：ああ。奴らの身体《からだ》は液体金属だから剣で斬りつけてもすり抜けるだけだし、格闘やハンマー系の武器で攻撃しても液体金属の柔軟なボディが衝撃を受け止めてしまう。氷雪系の魔法で一時的に凍らせてから砕くか、閃光《せんこう》系の魔法で蒸発させるしかないぞ。
@kan21：なんか物凄《ものすご》く詳しいヤツがいて草。
@daichi：あれ？　このアカウントって……『迷宮神技』の統次《トウジ》じゃね!?
@g123　：マジで!?　S級世界ランカーがこんな所に！
@mei-toji：ち……バレたか。そりゃこんな興味深いルーキーが出てきたら見に来るだろ？　ウチはまだケント君のスカウトを諦めていないぜ？
@daichi：うおおお!?　統次直々のスカウト？　パパスゲェ!!
『ケントさんは弊プロダクション所属ですので……配信内でのスカウトはご遠慮願います』
桜下さんの管理者コメントが動画内に表示される。
@mei-toji：おっと、ごめんごめん凛ちゃん。……ところで探索者に復帰する気はないのかい？
視聴者たち：凛ちゃん!?　×3000

『…………（無言でミュート設定）』

……なんかコメント欄が妙な盛り上がり方をしているようだが、統次って誰だ？　『迷宮神技』は確か俺にスカウトを出して来たギルドだったたような？

「……ぱぱ、ダンジョントゥデイくらい読もうね？　国内トップレベルの探索者さんだよ？」

「ううっ!?」

またもやキーファに叱られてしまった。ちなみに、ダンジョントゥデイとはダンジョン業界の業界誌である……が、俺はあまり読んだことがない。

「ダンジョントゥデイは帰りに買うとして……さっさと倒しちまうか」

今回の配信では、一応俺が主役としてモンスターを倒さねばならない。とはいえ、キーファにも見せ場を作りたい。俺は切り札の一つを切ることにした。

「キーファ、いつものアレを頼む！」

「うんっ！」

キーファの尻尾がぴくんと立ち、リボンが星形を描く。

「いっくぞ～♪」

超可愛くて超天才な俺の娘は、いくつかの補助魔法を使えるのだ。

「ぱぱ、がんばって♡　てんしょんあっぷ！」

ぱあああっ

キーファの魔法が発動し、俺の全身が淡く輝く。

@mei-toji：お、珍しい！　精神高揚系魔法か！

説明しよう!!

テンションアップとは、対象の闘争心を掻《か》き立て攻撃力と敏捷《びんしょう》性《せい》を増強する補助魔法である。

ワーウルフの遠吠《とおぼ》えを応用した魔法で、使える人間はごく少ない。

「うおおおお、パパ頑張るぞ！」

「いけ〜！」

ぶんぶんと両手を振り上げ、応援してくれるキーファ。身体の奥からどんどん力が湧き出てくる。

@daichi：これはアガるな！
@kan21：魔法効果以上に高揚してそうww

「よし、いくぜっ！」

だんっ！

俺は高揚した気分のままに、地面を蹴る。出現したメタルなんとかは全部で3体。一か所に固まっているお陰でアレを使えば一撃で倒せそうだ。

（ダンジョンポイント口座とリンク開始！）

ポケットに入れたスマホのダンジョンアプリを起動し、ポイント口座と連動させる。使うのは無属性のダンジョンポイント。ダンジョンクオーツと間違わないように気を付ける。

俺は右の拳を振りかぶり、力を込めた。

（こいつらなら……10ポイントくらいでいいか）

ヴィイインッ
右の拳がほんのりと熱を持つ。あ、そうだ！　光らせたら少しでも派手に見えるんじゃね？　そう考えた俺は、余剰ポイントを使い右腕全体を発光させる。

カッ！

視聴者たち：ドラおじが、光った!?

「くらえっ!!」

ドンンッ！

ばっきいいいいいいいいいんっ！

気合と共に突き出した拳は、メタルなんとかを粉々に吹き飛ばしたのだった。

@mei-toji：…………は？

@daichi：うっそだろお前!!
視聴者たち：どえええええええええええっ!?　×20000

次の瞬間、なぜかコメント欄が爆発した。

ばしゃっ！

メタルなんとかの身体を構成していた液体金属が支えを失い地面にまき散らされる。しばらくすると、空気中に溶け消えるように消滅した。

「……一応拾っておいた方がいいかな」

跡地に残った真鍮《しんちゅう》色《いろ》の魔石を拾い上げる。

「桜下さん、コイツをプロダクションに寄付しますよ！」

魔石自体に興味はないが、桜下プロダクションの収入になるなら回収しておいて損はない。

『……メ、メタルパペットのコアですよ？　本当によろしいのですか？』

「？　ええ、俺たちには必要ないんで」

確かコイツの効果はエネルギー伝導効率を上げる……具体的に言うと電気代が10％ほどお安くなるらしい（暮らしのお得マガジンに書いてあった）。ウチの配電盤にはもっと効果の高い魔石を取り付けてあるからな。

『分かりました。今回の配信では手数料をサービスしますね』

「マジですか！　ありがとうございます！」

言ってみるモノである。ラッキーだ。

@kan21：……メタルパペットのコアってBランクのレア魔石だよな？
@g123　：今朝時点の取引価格50万以上……マジで興味ないんだなパパww
@daichi：んなことより！　なんでパンチでメタルパペットを倒せるんだよ!?　なんか光ってたし！
@mei-toji：その理由はオレも知りたいな。

「え？　ダンジョンポイントを10ポイントほど拳に込めてぶん殴っただけだぞ？」
……そんなに驚く事だろうか？　もしかして、エフェクト的に地味過ぎたのか。だが、あまりポイントを込めすぎると威力が大きくて危険だし何よりもったいない。

@g123　：…………は？
@kan21：なにそれ怖い。
@mei-toji：そんなことできるなんて初耳なんだが……。
@peko　：えぇ……。

何故かドン引きのコメント欄。迷宮神技の統次さんらしき人まで困惑している……おかしいな、高レベル探索者なら知っていそうなものだが。あ、そうか！　視聴者には詳しくない人もいるだろうから、解説のフリをしてくれたんだな！　さすが統次さんだぜ！

得心した俺は、初心者向けのダンジョンポイント講座をすることにした。

「お前らも知っているだろうけど、ダンジョンポイントはマナが結晶化した魔石やダンジョンクオーツから精製するよな？　それに、クオーツと違って無属性で純粋なエネルギーにより近い存在。ならソイツのエネルギーを直接攻撃に使えば、なかなかの威力を発揮できるというわけ……こんなの常識だろ？」

@kan21：いや、なんだよそれ！
@g123　：ダンジョンポイントをエネルギー化？　何言ってるのかわかんにゃい……。
@daichi：【悲報】ドラおじ人外だった。
@mei-toji：そんな馬鹿な……確かに一部の高ランク魔法使いは属性を持ったダンジョンクオーツを魔法のブーストに使う。その亜種なのか？　いやいやさすがにあり得ないか。

何だそんな事かよ！

そんなツッコミが返ってくると思っていた俺は、さらにざわつくコメント欄に困惑する。

「……はぁ、お前ら、またドッキリだな？」

先日の配信の時にも思ったが、ウチのフォロワーはすぐキーファや俺を驚かそうとしてくる。多分どっかの匿名掲示板で事前打ち合わせをしているに違いない。統次さんも含めて、仕込み、だな？

「こんなの、キーファも使えるぜ？」

スラスラ

都合よく、ダンジョンの奥から金属スライムが現れた。

「ねえぱぱ、キーファが倒せばいいの？」

「ああ、ダンジョンクオーツを間違えて使うなよ？」

念のため、俺のアカウントからキーファに10ポイントほどのダンジョンポイントを移す。

「うんっ、大丈夫っ！」

にぱっと笑ったキーファは、金属スライムに向けて駆け出した。

てててて っ……ぱしっ

キーファのスニーカーが地面を蹴り、金属スライムに向けて大きくジャンプ。

「え～いっ、ひっぷあたっく♪」

ぽみゅっ！

可愛い効果音（俺が入れた）と共に、お尻を突き出し金属スライムに体当たりする。

どかっ……ぱっきいいいいいいんっ！

充分なダンジョンポイントを込めたキーファのヒップアタックは、金属スライムをあっさりと消滅させたのだった。

ALL：はあああああああああああああっ!?

数千の驚きコメントがワザとらしく書き込まれた。もう騙《だま》されないっての。懲りない連中である（やれやれ）。

@kan21 ：いやまじで、どういうことだってばよ！
@g123 ：ダンジョン業界の常識壊れる。
@Lisa ：今来て詳細見た……いやなんなのこれ。
@gen1999：ウチのリーダーが見ろって言ってたけど、ヤバすぎだろこれ……。
@peko ：ええっ!?　ＡＡランクの理沙《リサ》と元輝《ゲンキ》!?
@kan21 ：ものすごい数のランカーが集まってきている!?
@gen1999：おおっ、統次さんもいるじゃないっすか！　これは何事です!?
@mei-toji：いや、オレに聞かないでくれ……。

「むむぅ」
最強可愛い天才キーファとはいえ、まだ彼女は小学三年生である。小学生でも使えるスキルという事で、コメント欄も落ち着くと思っていたのだが、それどころかさらに加速してしまった。

comments
はあああああああああああああ！？
ええええええええええええええ！？
はあああああああああああああ！？
はあああああああああああ！？
wwwwwwwwwww

@mei-toji：本当に驚いたよ。どうしてこんな技を思いついたんだい？

統次さんからの質問が書き込まれた。

「えっ？　いやその、大した話じゃないですよ？」

何故俺がダンジョンポイントを戦闘に使おうと思ったのか、理由を聞いても面白くないと思うんだが……それよりさきほど倒したメタルなんとかがこのダンジョンのボスだったっぽいし、そろそろ配信のエンディングを撮影したいんだけど。

ALL：ぜひ、その話を聞かせてくれ！　×50000

「うおっ!?」

次の瞬間、凄まじい数のコメントが書き込まれた。

@Lisa　：おねがい、聞かせて！

@gen1999：手元にあるダンジョンクオーツ1000を投げるからさ！

「マジか!?」

そ、そんなにダンジョンクオーツをくれるのか！　そうなると断る理由はない。どちらにしろ、説明しないとフォロワーたちは俺を解放してくれないだろう。そう判断した俺は、折り畳みテーブルと椅子をザックから出し、キーファにおやつを手渡すと昔話を始める事にしたのだった。

「どっから話すかな……」

さっそく、ココアクッキーを頬張っているキーファ。彼女のほっぺに付いたクッキーのかけらを取ってやりながら考える。あまりに昔のことを話しても視聴者は退屈だろうし、俺の住んでいた街を襲ったダンジョンブレイクと、その後のゴタゴタについては話したくない。

「……七年前、協会の試験に合格した俺は探索者を始めたんだけどさ」

@kan21：そういや、パパは探索者ライセンス直接取得組だった笑

@gen1999：い、今どき珍しいな……探索者養成校に通ってないってこと？

「おう。すでに成人していたし、カネの問題もあったしな」

奨学金などの各種制度もあるとはいえ、二年制の一般的な養成コースで学費は７００万円を超える。キーファのパパになったばかりの浪人生に払えるはずもなく。

「腕力だけはそこそこあったんで、フリーダンジョンに潜って日銭を稼いでいたワケよ。頼れるのは己の拳だけ！って感じで」

フリーダンジョンとは、探索権が不要で誰でも潜ることができるダンジョンである。実入りは安

定しないけどな。

@umi　：いやまって。ドラおじってその頃から拳で戦ってたの？

「ああ、と言っても相手にしていたのはコボルドやゴブリンだぞ？」

皆さんご存じ、スライムと並ぶ最弱モンスターである。まだダンジョンポイント技を使えない駆け出しの俺でも、一撃で倒せるから重宝していた。

@kan21：ファ――――wwww
@umi　：草
@g123　：ねーよwww
@Lisa　：養成校を出ていない、探索者を始めてすぐの人間が打撃のみでゴブリンを!?

相変わらずワザとらしいリアクションを続けるコメント欄をスルーして話を続ける。

「でもよ、探索者養成校を出てない俺は『ツリースキル』を使えないわけじゃん？　ある日、とあるダンジョンでさっきのメタルなんとかみたいな金属系モンスターに遭遇したんだ」

@kan21：うわ、そう言われればツリースキル無しになるんだっけ？
@hina：ツリースキルってなんですか？
@g123：新人だ！　囲め!!
@Lisa：私が解説するよ。探索者特殊戦闘スキル……通称探索者スキルは大きく二つに分かれていて、協会が管轄している『シングルスキル』と、各養成校が独自に構築した『ツリースキル』があるの。
@hina：ふむふむ。
@Lisa：シングルスキルは探索者ライセンス持ちならお金を払えばだれでも習得できるのだけど、ツリースキルは各探索者養成校が卒業生向けに提供するスキルで、原則その養成校を卒業しないと習得できないのね。
@hina：特別なスキル、ってことですか？
@Lisa：そうね。養成校ごとに多彩なツリースキルのセットがあり、どの養成校を卒業したのかひと目で分かっちゃうわね。それに、基本的にツリースキルの方がランクアップの種類もたくさんあって、強いと考えてもらえばいいわ。
@hina：探索者も学歴社会!!
@g123：理沙の説明分かりやすい！

「詳しい説明ありがとうございます」

いきなり始まった現役探索者によるスキル講義に苦笑する。

「つーことで、打撃の効かないモンスター相手に俺もここまでかと思ったんだけど……救世主が現れたんだ！」

今思い返しても、胸が熱くなる。絶体絶命の俺を助けてくれた凄腕《すごうで》の男性探索者。目にも留まらぬスピードで、俺と金属系モンスターの間に割り込むと、すげぇ氷系魔法でモンスターを凍らせ、剛剣の一撃で粉々に砕いた。

「そん時俺は思ったわけよ……養成校出の正規探索者はやっぱすげぇ！　かっこいい!!　少しでも彼らに近づきたくて、ダンジョンに潜り筋トレを繰り返していたある日。ダンジョンポイントをエネルギーに変換して攻撃に使うことを思いついた。華麗な正規探索者のようには行かなくても、創意工夫でそれなりの威力を出せるようになった、というわけだな！」

熱く語っていたら恥ずかしくなってしまった。俺は赤くなった頬をごまかすように言葉を切る。

「さすがキーファのぱぱ！　かっこいい～♡　さいきょ～♪」

ぱちぱちと拍手をするキーファ。ああ、キーファだけが俺を絶賛してくれるぜ！

@g123　：いやいやいや、過程がおかしいだろ！
@daichi：凄腕探索者に助けられ、憧れる（わかる）→少しでも近づけるようダンジョン探索する（分かる）→筋トレ（んん？）→ダンジョンポイントで攻撃！（はい？）
@umi　：そうだね、プロテインだね。

@gen1999：話が飛躍しすぎて頭に入ってこねぇ……。

「とにかく、養成校出の探索者は凄いってことだな。俺も尊敬してるし。つーことで、楽しめたかどーかは分かんないけど、キーファに投げダンジョンクオーツよろしく!!」

このままではキリがなさそうなので、強引に締めに持っていく。

ALL：堪能しすぎて、胸焼けしたわ!!　×100000

「うおっ!?」

かくして、桜下プロダクション移籍後初のダンジョン攻略配信は、無事（?）終了したのだった。

「ふひぃ、クッキー食べ過ぎた～」

配信を終えた俺は、キーファをおんぶしてメタル・スラッグの外に出る。ダンジョンの外には桜の花がラッピングされた中型バスが停《と》まっていた。このバスにはAR対応の配信設備とキャンピングカー以上の休憩施設が備え付けられており、自宅まで自動運転で送迎してくれる。

「やっぱ桜下プロダクションって凄い?」

「ぱぱ、今さらだよ～」

俺の背中で寛《くつろ》ぐキーファの可愛い口に、ミルクキャラメルを放り込んでやる。

「んん～♪」

キーファの笑顔に癒されていると、バスから桜下さんが降りてきた。

「ケントさん、キーファちゃんもお疲れ様です」

「配信、こんなので良かったんですか？」

俺がダンジョンポイントパンチでメタルなんとかを倒し、キーファが世界一可愛いヒップアタックで金属スライムを倒した後は、視聴者さんたちとお茶飲み雑談になってしまった。配信自体は一時間半くらいだったので、少々物足りなかったかもしれない。

「良いどころではなく……」

すこし顔を引きつらせ、苦笑いを浮かべる桜下さん。

「!?!?」

やべぇ！　配信後のアンケートで『退屈でした。もっとキーファちゃんを見せてください。フォロワー辞めます』などのクレームが殺到したに違いない！　何とかリカバリしないと！

「くぅ、キーファ！　疲れているところすまんが、今すぐ『ぱくぱくキーファ』を配信しよう！」

「いやいや、そーではなく！」

ぺしん
ケーキセットをウー○ーで頼もうとスマホを取り出した俺に、桜下さんのツッコミが炸裂《さくれつ》する。

「……え？　だ、大丈夫なんですか？」

「直接見ていただいた方が早いですね。これが、今回の配信の報酬になります」

桜下さんが手に持ったタブレットに、集計結果が表示される。

【配信No：SSP10293-33231
視聴者数：1,572,391
投げ銭：7,120,783円
ダンジョンクオーツ：各属性合計　26,321
＊源泉徴収及び弊社手数料徴収済み】

「なん……だと？」

タブレットの画面に表示された数字に唖然《あぜん》とする。視聴者数が、謎にバズった前回の配信を上回っているじゃないか⁉　投げ銭とダンジョンクオーツも物凄い数字だ。

「わわ、キーファたちお金持ちだよ！」

「ああ、キーファたちの応援のお陰だ！」

俺はキーファを抱き上げ、くるくると回る。これでまたキーファのライフゲージを百日分以上チャージできる！

「わ〜い♪」

もふもふの耳をぴこぴこと動かし、喜ぶキーファ。桜下さんとコメント欄を盛り上げてくれたフォロワーたちにも感謝だぜ！

「前回の配信分の源泉徴収も引かせていただきました。今後もこのくらいの再生数は余裕で見込めるでしょう……というか、私の記憶にある限り、デビュー配信として新記録ですね」

俺の配信が、記録……だって？　とんでもないことを言い出す桜下さん。

「マジですか？　俺の配信を見たいだなんて、マニアが多いな……」

「それは、ぱぱがカッコいいからだよ！　キーファが一般しちょうしゃさんなら毎日見るよっ」

「き、キーファ……！」

ぎゅっ！

こんなに俺を褒めてくれるなんて。感極まった俺は彼女を抱きしめる。

「えへへ～ぱぱ大好き♡」

「ふふっ、相変わらずかわいいですね」

いつも通りな俺たちの様子に苦笑する桜下さん。

「そろそろ夕方になりますし、夕食にでも出かけませんか？」

気が付けば日も傾きかけている。桜下さんからナイスな提案を頂いた。

「キーファ、お肉食べたい！」

「おう、凛おねえちゃんにお願いしようぜ！」

もちろん異論はないので、俺たちはプロダクションのバスに乗り込む。

「ふふっ。お代替わりと言ってはなんですが、お店につくまでに色々聞かせていただきたいです。あんな超絶スキルをどうやって身に付けたんです？」

「え?」

「ふお?」

桜下さんの問いかけに顔を見合わせる俺とキーファ。超絶スキル……何のことだろうか?

「もしかして、『ダンジョンポイントパンチ』のことですかね?」

「だ、ダンジョンポイントパンチ⁉」

鳩《はと》が豆鉄砲を食ったような表情を浮かべる桜下さん。

「え? あんなの誰でもできますよね?」

「いえ、できませんよ」

「え?」

「え?」

「またまた〜」

桜下さんまで俺を驚かそうとするなんて、人が悪い。

「私、十五年以上ダンジョン業界で働いていますが……初めて見ました」

「……マジですか? こう、ダンジョンポイントを解凍して拳に込めるだけなんですが……」

ヴイインッ
俺の拳がわずかに光る。

「か、解凍ですか? おっしゃる事の意味が分からないです」

「え? あれ?」

……どうやら俺と桜下さんの間に、大きな認識のずれがあるようだ。

「続きはお店で話しましょうか」

いつの間にかバスは繁華街に差し掛かっていた。俺たちは個室付きのレストランに話し合いの舞台を移すのだった。

「わ～い！　かりかりピザだぁ♪　パスタもおいし～！」

「ソースを服に付けないようにしろよ？」

急いで入ったイタリアンレストランは思いのほか本格的で、レア魔法である『テンションアップ』を使ったキーファの食欲は止《とど》まるところを知らない。キーファは魔法を使うと、とてもお腹《なか》がすいちゃうのでエンゲル係数爆上がりである。今日は俺が払った方がいいだろう。

「大体は配信内で話した通りなんですけど」

「はい」

お互いワインで喉を潤した後、説明を再開する。

「小さいときのキーファはたびたび体調を崩していたもので、なにか効くアイテムは無いかと適当なダンジョンに潜りまくっていたんです。でも俺はツリースキルを使えず、まともな武器も扱えません。金属系や上位スライムが出るダンジョンは危なくて潜れずに困っていました。とりあえず毎日筋トレして身体を鍛えていたんですが、某格闘漫画を読んで閃《ひらめ》いたんです！」

「こ、これは！」

スマホで開いたのは誰でも知っている国民的格闘漫画。オーラの力で空を飛んだりビームを出すアレだ。著作権に引っかかるとマズいので、配信内では言及できなかった。本当はこの漫画の主人公のようにエネルギー波を撃ちたいのだが……ダンジョンポイントにそこまでのパワーはなさそうだ（密《ひそ》かに研究を続けているのは秘密）。

「つまり、パンチが命中する瞬間にダンジョンポイントのエネルギーを解放することで、打撃が効かないモンスターにもダメージが与えられるという訳です」

「な、なるほど？」

困惑した表情を浮かべる桜下さん。

「キーファもぱぱに教えてもらったの。ぱんちするとおててをケガしちゃうから、おしりに込めるんだ～！」

お尻をふりふりするキーファ。超新星爆発も収まるほど可愛い。

「…………」

何故か頭を抱えている桜下さん。

「そ、それが本当なら探索者の常識が変わりますよ……」

「こんなので良ければ、講座でも開きましょうか？」

「!?　ぜひお願いします!!」

……という事で、七月の適当な時期に桜下プロダクションが経営する探索者養成校に教えに行く運びになった。探索者養成校に通っていない俺が……変な気分である。

「さて、そろそろ帰るか……」

デザートのパンナコッタまで平らげたキーファは、幸せそうにお腹をさすっている。早くキーファにライフゲージを補充してやりたい。俺はワインのボトルが空になっている事を確認すると、バスの呼び出しを桜下さんにお願いしようとして……。

ピリリリ
俺の言葉をさえぎるように、携帯電話の着信音が響く。

「あっ、失礼します」

「どうぞ」

どうやら、仕事の電話みたいだ。

「はい、凜は私です……って、ええっ!?」

通話を始めるなり、文字通り飛び上がって驚く桜下さん。

「ぱぱ、凜おねえちゃん何があったのかな？」

「さあな？」

「ええ、ええ……こ、こちらとしてはありがたいお話ですが……はぁ、明日ですか？」

ちらりと桜下さんがこちらを見る。

「大丈夫ですよ！」

彼女の口ぶりから配信関係だと判断した俺は、桜下さんにサムズアップを送る。

ぺこり

「わかりました。それでは明日の午後二時からという事で……」

ぴっ
電話を切った桜下さんは、困惑した表情を浮かべている。

「極めて異例なのですが……。ウチのライバルである緋城プロダクションのカナさんから……コラボの依頼がありました」

「??」

「ふ、ふおおおおおおおっ!?」

レストランの個室に、キーファの驚く声が響き渡った。

第三章 カリスマ配信者とコラボしよう

――翌日、緋《ヒ》城《ジョウ》プロダクション所有の移動式配信スタジオ内控室

(も、もうすぐおにいちゃんに会える……うおおおおおおおおっ!?)

先ほどから席を立ったり座ったり、落ち着きのない行動を繰り返しているのはフォロワー数157万人を誇るカリスマJKダンジョン配信者である緋城カナ。彼女のトレードマークである純白のセーラー服に身を包み、腰には日本刀を下げ探索者モードなのだが、わたわたしている様子は年相応でいつもの冷徹さが微塵《みじん》も見られない。

「カナさん? あと五分でプレ配信が始まります。いい加減落ち着いてくれませんか」

「はいいいっ!?」

マネージャーから冷たい目線で射すくめられ、その場で飛び上がるカナ。

「いいですか? 貴方《あなた》はクールなカリスマダンジョン配信者、緋城カナなのです。いくら憧れの人とのコラボ配信とはいえ、先日のような醜態は控えるようお願いします」

「あうう、申し訳ありません」

また叱られてしまった。

しゅん、と首《こうべ》を垂れる。艶やかな黒髪がその動きに合わせてテーブルを撫《な》でた。165センチの

長身と、抜群のスタイル。見る者を引き付けるエキゾチックな黒髪と赤い瞳。鍛え抜かれた日本刀のようにしなやかな肢体を清楚《せいそ》なヒーラー服で包み、鮮やかな剣技と強力な魔法でモンスターを狩りつくすＡＡランク探索者。男性ファンだけでなく多くの女性ファンをも魅了してきたカナのキャライメージは、先日の配信以降少々崩れていた。彼女が見せた年相応な一面にファンになった人もいるが、幻滅してフォロワーをやめた人もいる。

「アナタが配信を始めてから初のフォロワー減少です……ジル様はかなりご立腹でしたよ？」

「っっ!?」

義父《ジル》の名前を出され、びくりと身体《からだ》を震わせるカナ。身寄りのない彼女にとって、義父《ジル》に見限られてしまえば待っているのは以前と変わらないひもじい生活。個人スポンサーを務めている出身孤児院も経営危機に陥ってしまうだろう。

「……今回のコラボレーションの許可が出たのは、ひとえにフォロワー数を回復させるための策であること、忘れないように」

「はい、承知しています」

緋城カナの仮面を被《かぶ》り直し、クールに返答しつつも、どうしても湧き上がる感情を抑えきれない。

カナは改めて昨日の事を思い出していた。

――――前日夕方、カナの自宅マンション

「ほ、ほほほほほ本当なんですかレニィ!?」

がくがくがく
カナのマネージャーを務めるエルフ族のレニィからその『案件』を聞くなり、彼女の両肩を摑《つか》んで揺さぶるカナ。

「……わざわざアナタの自宅までやって来て、ウソを言うはずないでしょう。暇人じゃあるまいし」

煩わしげにカナの両手を払いのけ、乱れたスーツを直すレニィ。カナと同じくらいの身長だが全身はとてもスレンダーで、金糸のような金髪と尖《とが》った耳、透き通った肌がエルフ族の特徴を表している。

「あうっ」

その通りではあるのだが、あまりに冷たいレニィの言葉に凹《へこ》んでしまう。

「そんなことより、限界ムーブは止《や》めるよう何度も言っていますが。いくらセキュリティ万全なマンションとはいえ、どこに人の目があるか……」

「ひえぇ、すみません」

「……まったく」

僅かに舌打ちの音が聞こえた。レニィは優秀なマネージャーだが、カナに対してドライだ。本当はもう少し仲良くなりたいのだが、彼女の方から断られている。

「コラボ配信は明日午後二時から……場所はこちらに決定権があるので『ドラゴンズ・ヘブン』を

指定しました」

「……え!?」

　なんでもない事のように放たれたレニィの言葉に、目を見開く。ドラゴンズ・ヘブン……名前の通りドラゴン種が多く出現するSランクダンジョンだ。奥に行けば先日潜ったドラゴンズ・ネストではまず出ない純粋種のドラゴンすら出現するという。

「……なにか?」

「いやその、危険じゃないですか?」

　相変わらずの冷たい表情を浮かべるレニィに困惑気味に問いかける。いくらケントおにいちゃんが強いとはいえ、キーファちゃんもいるのだ。ある程度自由に潜れるダンジョンの中では最難関レベルのドラゴンズ・ヘブンに挑戦するなんて……。

「ジル様は大屋《オオヤ》ケントの実力を見たい、と言われています。しっかりと彼の実力を見極めてください。それに、あなたも気を引き締めて臨むことです……じゃないと、死にますよ?」

「うっ!?」

　そうなのだ。いくらケントおにいちゃんと一緒とはいえ、三人パーティ(一人はキーファちゃんだし)で挑むSランクダンジョン。相当な覚悟を持って挑む必要がある。

「そうそう、ジル様の『計画』もそろそろ本格始動します。貴方にアイドルの真似事《まねごと》をさせているのは、グループの広報戦略及び『計画』の準備であることを忘れないように」

　ばたん

言いたい事だけ言うと、レニィは帰ってしまった。

「…………」

恐らく義父《ジル》はドラゴンを一撃で倒したケントおにいちゃんに目を付けたのだろう。このコラボは、彼の実力を測る試金石。もしお眼鏡に適《かな》えばグループの総力を挙げて獲得に動く。もしかしたら、カナの安否なんて、どうでもいいのかもしれない。

（はぁ）

相変わらずな義父《ジル》とレニィに、思わずため息をつき、部屋の中に戻る。

「でもでもっ！」

机の上に置かれた写真立てを見た途端、テンションが爆上がりする。ぎこちなくピースをする幼いカナの肩に手を置き、満面の笑みを浮かべるケントおにいちゃん。

「ようやくケントおにいちゃんに再会できるぅ!!」

その事実を噛《か》みしめるたび、心の奥からわくわくが湧き上がってくる。初めて会った時、ガタイのいい彼にビビッた自分は、柱の陰からこっそり様子を窺《うかが》っていた。そんな少女に気付いたケントおにいちゃんは、こちらに向かって優しく微笑《ほほえ》み、頭を撫でてくれた。キラリと輝く笑顔（カナビジョン）が、最高にかっこよかった。

孤児院の子供たちの前で探索者の技（今思えばデコピンで大岩を割るというよく分かんない技だったけど）を披露してくれ、探索者を目指すきっかけとなった。

『カナは強くなれそうだな』

その言葉が自分の原点だ。
「やったあああああああああっ!!　うひょ～～～～!!」
思わず叫び声をあげ、お気に入りのうさぎさんを抱いてベッドにダイブ。
ぼすん
「わたしもナイスバデーに成長したし!!　これをきっかけにお付き合いに発展したりして!!　うっはああああああああっ、は、鼻血が!?」
ぶはっ
ベッドの上に赤い花が咲く。クールなＪＫ配信者、緋城カナ17歳。フォロワーには絶対見せられない限界ムーブだった。

◇◇　ダンジョン配信総合フォーラム　◇◇

ころ　：【朗報】ドラおじとカナのコラボ決定
まさ　：ネタかと思ったらマジじゃねーかwwwww
Zita　：ファ――――wwww
ねこ　：草
たろう：おいおい、楽しみ過ぎるだろ！
二号　：緋城プロと桜下《サクラシタ》プロの探索者がコラボするのって初めてじゃね？

ねこ：おう、去年は配信権侵害ネタで訴訟合戦してたよな？
まさ：たし蟹《かに》。和解したんかな？
ころ：ないだろ。桜下プロの凜《リン》って昔、緋城プロ総帥ジルのパーティに所属してたんだろ？最後は喧嘩《けんか》別れしたって週刊誌で読んだことがある。噂《うわさ》ではカナのマネージャーも元パーティメンバーとか……。
ねこ：はっ……ガチで痴情のもつれの予感！
ころ：リアルでドロドロなのはＮＧ。
まさ：詳細キタっ！　場所は……ドラゴンズ・ヘブン!?
ころ：うせやろ？　Ｓランクダンジョンじゃねーか！
たろう：ま、ドラおじが居れば余裕だろ。
二号：【悲報】カナぴー、ついにオトコができる
じい：≫二号　ワシとしてはこれをきっかけに恋愛模様を見せてくれるであろうカナちゃんが楽しみでのう！　推せる！
ころ：≫じい　長老に同意！　カナの新たな一面が見られるのが楽しみだぜ!!
二号：≫ころ、じい　お、おう……。
ねこ：いやだから、なんで熱狂的カナファンってこんなにキマってんの？

——午前十一時、ドラゴンズ・ネスト探索者専用駐車場

「先方の配信車両内で事前打ち合わせとプレ配信をする予定です」

世間が注目する大型コラボ（自分で言ってて信じられないが）という事で、桜下さん自ら俺たちのマンションまで迎えに来てくれた。桜下さんの運転するワンボックスカーで一時間ほど。郊外に建設された新都心を望む丘陵地帯の一角にドラゴンズ・ネストはあった。さすがは協会管理の高ランクダンジョンである。広い駐車場が整備され、周辺にはダンジョン関連企業が入居する建物が立ち並ぶ。まるで大きな地下鉄駅のように整備されたダンジョン入り口の脇には、芝生公園が併設されている。

「おお～」

「おっきぃ！」

駐車場には、すでに緋城プロダクションのロゴが入った車両が到着していた。桜下プロダクションの配信用バスも豪華だが、緋城プロダクションのソレはさらにヤバい。観光バスよりはるかに巨大な二階建てバスを見上げる俺とキーファ。

「今回のコラボの舞台となる『ドラゴンズ・ヘブン』はSランクダンジョンですが、本当に大丈夫でしょうか？」

ダンジョン探索配信には関係ないとはいえ、天気も快晴で取材のマスコミもたくさん訪れている。だというのに、いささか不安そうな桜下さん。

「前回のドラゴンズ・ネストは（出現モンスターのランク的に）物足りませんでしたからね……ま

あ、大丈夫でしょう！」

弱いプレーンドラゴンはパンチで一撃だったしな。何匹出ても問題にはならないだろう。

「そ、そうですか」

「わ～、ぱぱさいきょ～！」

「むんっ」

パチパチと拍手をしてくれるキーファに向かってポーズを取る。

「このダンジョンは、Sランク探索者でも危険が伴います。緊急時の脱出アイテムは私の一存で発動できるようにしておきますので、くれぐれも気を付けてくださいね」

桜下さんはいまだ心配顔。キーファちゃんねるのフォロワーたちも、ある意味平常運転だ。

@kan21：ドラゴンズ・ヘブンてマジかよ……。
@umi　：さすがにドラおじでも厳しいんじゃ？
@daichi：キーファたんにケガさせせんなよ？

「ふふん、俺がそんなヘマをするわけねーだろ？」

手を替え品を替え、俺たちを驚かそうとしてくる。

「えへへっ、さいきょ～ぱぱが、今日もドラゴンさんをバッタバッタだよ！」

いつもの冒険着に身を包んだキーファが嬉《うれ》しそうにくるくると回る。ライフゲージが９００日分を超え、お祝いの霜降りステーキを平らげてきたキーファの尻尾の毛並みはつやつやで、日差しを浴びて銀色に輝いている。

@kan21　：おっ、キーファちゃん新装備？

「うんっ、パパに買ってもらったんだぁ！」
キーファが腰に着けているのは、チタン・マナセラミック複合素材のプロテクター。オリジナル要素として埋め込んだカーバンなんちゃらの魔石が、あらゆる状態異常からキーファを守ってくれる。ひっぷあたっくの威力も三割増しとなる、パパ渾身《こんしん》の一作だ。

@umi　：え、あれってカーバンクルの魔石？　え、見間違い？

「それにだ」
自信満々に腕を組む俺。
「ネストがヘブンになった所で、プレーンドラゴンが抹茶ドラゴンになるくらいだろう？　最上位ドラゴンが出るわけじゃなし、俺の拳でキーファには指一本触れさせせねぇ！」

@g123　：意味わからん笑

@daichi：安定のパパ語録キタ www
@gen1999：さて、今日も注目だな。

まだプレ配信開始まで三十分以上はあるというのに、熱心なフォロワーたちが集まってきた。

「緋城カナ嬢は二階の控え室で待っているそうです。私は先方のクソ女……もといマネージャーと打ち合わせがありますので、まずはカナ嬢とプレ配信をお願いしますね」

……なんか微妙に嫌そうな桜下さん。仕事には私情を挟まず、常に穏やかな彼女にしては珍しい。

もしかしたら、緋城カナのマネージャーと知り合いなのかもしれない。

「学生時代、ボーイフレンドを取り合ったライバルとか……」

「ぱぱ、もうそうしすぎだよ？」

「……すまん」

キーファに叱られてしまった。

俺は手鏡でさっと身だしなみを整えると、緋城プロダクションの配信用車両に足を踏み入れるのだった。

「ぱぱ！　こっちに階段があるよ」

巨大な二階建てバスの車内はさすがに広い。俺たちは案内板を確認しながら配信者用控室に向かう。

「緋城カナか……」

彼女のプロフィールに目は通していた。苗字《みょうじ》が変わっており、愛らしかった顔も見違えるほど綺《き》麗《れい》になっていたが彼女はおそらく……。

階段を上がってすぐ、「緋城カナ　在室中」とのプレートがぶら下げられたドアの前に立ち、軽くノックをする。

とんとん
「!!　ど、どうぞ！」

いささか上ずった声が聞こえた。入室の許可を貰《もら》ったので、ドアを開けて室内に入る。

「っっ……ケントおにいちゃああああああんっ！」

だきっ
「おっと」

飛びついてきた白いセーラー服姿の少女を抱きとめ声を掛ける。

「よ、やっぱカナだ！　五年ぶりか？」

やはりあの子だ。キーファに友達を作ってやりたいと思い通っていた孤児院。そこの年長さんで、俺もよく一緒に遊んだ、引っ込み思案で恥ずかしがり屋の女の子。それでいて、大きな赤い瞳に秘められた意志は力強く、眩《まぶ》しく感じたものだ。

「本当に、大きくなったなぁ。それに大人っぽく綺麗になって……カリスマ配信者なのも納得だな！」

にっこり彼女に微笑みかける。

「ぴいっ⁉」

妙な鳴き声を発したカナはみるみる顔を赤くして……。

「ふわわわわわわっ⁉」

恥ずかしそうに両手で顔を覆ってしまったのだった。


「うへへぇ……ケントおにいちゃんがわたしのこと覚えていてくれたぁ……。そ、それに綺麗って言ってくれたしぃ……ふひゃあああっ」

控室の隣にある配信スタジオ。椅子に座ったカナは先ほどから夢見心地だ。

「……もうすぐプレ配信が始まんぞ？」

桜下さんから貰った台本によると、双方のフォロワーにコラボの経緯を説明する事になっている。

こんな調子で大丈夫だろうか？

「キーファ、ＧＯ！」

「うんっ！」

こういう時は、キーファの出番である。

てててててっ
「カナおねえちゃん、ひさしぶりっ！　キーファの事、おぼえてる？」

ぴょんっ

勢いをつけたキーファが、カナに抱きつく。

ぽふっ
「ふおっ!?　もふもふ……って、キーファちゃん!?」

とたんに正気に戻るカナ。ふふ、キーファのもふもふは最強なのだ。

「カナおねえちゃ～ん♡」

間髪を容《い》れずにすりすり頬ずり攻撃。

「うっはあああああっ!?　も、もちろん覚えてるよ！」

極上の感触に悶《もだ》えるカナ。キーファのひっさつコンビネーションアタックに耐える生物は地球上にいないだろう。俺なんか二秒で昇天である。

「えへへ、キーファはまだ小さかったけど、すっごく優しくなでなでしてくれたおねえちゃんのこと、よく覚えてるよ！　信じられないくらいキレイになって、ぷにぷにないすぼでぃ！」

しゅるるる
キーファのふわふわ尻尾が、カナの腰を抱きしめる。

「くうっ!?」

なんという恐ろしい攻撃だろうか、いくらカナがＡＡランクの探索者とは言っても耐えきれるはずがない。俺はカナに援護射撃をすることにした。

「カナおねえちゃんは最年少ＡＡランク探索者だからな！　つよつよおねえちゃんかっこいいだろ？」

「ほんと!? すっごい！」

よし、キーファの興味がカナの強さに向いた。キーファのスマホに昨日探しておいたカナの動画まとめを送る。

「これが協会で行われた表彰式。超かっこいいCM映像もあるぞ！」

「わああああっ」

スマホの動画に夢中になり、カナから離れるキーファ。よし、これでカナも一息つける……。

「う、うう。もう耐えきれない……」

ぶはっ
「うおっ、大丈夫か!?」

なぜか鼻血を吹き出したカナを介抱したおかげで、プレ配信のスタートが五分ほど遅れてしまうのだった。

『まもなくプレ配信を開始します。本番十秒前……九、八、七、六、五秒前』

「よっし」

プレ配信の開始時刻が迫ってきた。機械音声がカウントダウンを始める。

「わわっ、キャラ作りキャラ作り！」

まだほのかに頬と鼻の頭が赤いものの、椅子に座りキリッとした表情を作るカナ。

『三秒前……（二）……（一）……（スタート）』

配信中、と書かれたパイロットランプが点灯した。

「……皆様こんにちは。本日は急な告知にもかかわらず、お集まりいただきありがとうございます」

優雅な所作で、カメラに一礼するカナ。艶やかな黒髪が、美しいシルエットを描く。ふぅ。何とか体裁を整えられたようだ。

「本日は桜下プロダクション様および、大屋ケントさんのご厚意でわたし緋城カナとのコラボ配信が実現しました。実はわたしとケントさんは過去に面識がありまして……もう一段高いレベルの探索者を目指し、今回のコラボをすることになりました。これからも精進してまいりますので、皆様のご理解をお願い致します」

もう一度一礼するカナ。さっきまで鼻血を出して騒いでいた子にはとても見えない。

（うーむ、結構大変だろうな）

彼女はカリスマ女子高校生配信者だ。アイドル的な売り方はしていないとはいえ、いきなり男とコラボするとなれば、フォロワーがざわつくのも当然だろう。

@tarou　：うおお、今日も美人だよカナ！

@colo　：憧れのお兄ちゃんに興奮するところ、もう一度見せてほしいな～。

「そ、それは……ご勘弁ください」
フォロワーのリクエストに赤くなるカナ。

@tarou　：かわいい!!　カナの新たな魅力だね！
@Zii　：カナたんの変化が楽しみじゃ……推せる!!

「え、え〜、それでは『キーファちゃんねる』のお二方を紹介します」
「お、大屋ケントです」
「キーファだよ〜♪」
なんか好意的に受け取られているぞ？　想定と違うフォロワーの反応に戸惑う俺。てっきり『男は帰れ！』のコメントであふれると思っていた。

@tarou　：ドラおじ、カナをよろしく!!
@Zii　：カナのひみつ：実は年上趣味。
@colo　：マジか！　お似合いじゃん!!　幸せになってほしいなぁ！

……何かカナファンって、極まってない？

@kan21：む、ドラおじにもついに女の影が？
@peko：ケントさまとキーファちゃんの癒しに挟まるなんて……でもその障害すら、素敵！

……ウチのファンも大概だった。ていうか俺のあだ名ってドラおじで確定なの？（今さら）27ちゃい（もうすぐ28）はオジサンじゃねぇぜ……と主張したくなったが、ダンジョン配信者の平均年齢は19歳らしい。豪快に墓穴を掘りそうだったのでその言葉をグッと呑《の》み込む。

「カナの言う通り、彼女のいた孤児院にキーファと一緒に通っていたことがあるんだ。探索者の端くれとして、トレーニングを見てやったこともあるぞ。子供たちの中でも、いちばん筋が良くてかわいかったな～。それがこんなに凄《すご》い探索者になるなんて……俺もカナから少しでも学べるように頑張るんで、みんな応援よろしく！」

「ぴうっ!?」

何気なく放った言葉に、なぜか真っ赤になるカナ。

@tarou：憧れのお兄ちゃんに褒められて赤くなるカナ、かわいすぎだろ！
@colo：……もしかしてドラおじ、天然ジゴロ？
@kan21：そのケはあるな。
@Zii：そりゃ楽しみじゃ！
@g123：だからカナファンやべーって！

「こんな感じで、カナおねえちゃんに無自覚さいきょうなぱぱとキーファでお送りしま～すっ」

「??」

@tarou　：草
@colo　：かわいいカナに、カワイイキーファちゃん。なにこれ天国？

その後もフォロワーたちのお遊びコメントに付き合いながら、和気あいあいとプレ配信を終えるのだった。なぜか終始カナは顔が赤かったな……熱でもあるんだろうか？

――同時刻。配信スタジオ横会議室

「…………」

「…………」

穏やかな空気が流れる配信スタジオの隣。殺風景な会議室の中でカナのマネージャーであるレニィと凜は、友好的とは程遠い雰囲気でにらみ合っていた。

「……今さら何のつもり？」

手数料の配分割合やスポンサー広告の取り扱いなど、最低限の事務的なやり取りを終えた後、眉間に皺《しわ》を寄せた凛がそう切り出す。

今から十五年前。ジルがリーダーを務めていた探索者パーティに所属していた凛。念願かないパーティ入りし、これからという所でパーティは解散。弱冠14歳の凛は生活を立て直すのにたいそう苦労したものだ。

「ウチのエース配信者を強奪したこと、今も忘れてないわよ？」

ダンジョン配信プロダクションを立ち上げ、ようやく軌道に乗ったと思った矢先。豊富な資金を持った緋城グループが配信事業に参入。当時桜下プロダクションでエースを務めていた探索者を、ルールの穴を突き僅かな移籍金で強奪。そのせいで桜下プロダクションは倒産寸前まで行ったのだ。

「ふん、五年も前の事をネチネチと。当時は違反ではなかったでしょう？　ジル様の画期的な手法を協定違反にしたダンジョン協会にはむかつくけれど」

小馬鹿にするような笑みを浮かべ、凛を挑発するレニィ。

「去年だってウチの探索権を侵害してきたくせに、いまさらコラボなんて」

相変わらずいけ好かない女である。凛より年上のレニィは先にパーティに加入しており、凛がレギュラーに選ばれないよう、色々な嫌がらせを仕掛けていた。

「その件は裁判で決着がついたでしょ。ワタシはジル様の意向に従うだけよ」

これ以上やりあう気はないとばかりに本配信の準備を進めるレニィ。

「こんな危険なダンジョンでの配信を提案してきてそれ？　カナ嬢にも危険が及ぶでしょうに」

「この程度で果てるようなら、ジル様のお役には立てないわ。一応脱出アイテムは準備しているし、もし死にかけたら脱出させるわよ……間に合えばね」

カナの事も絡めて糾弾してみたが、まるで意に介した様子はない。

「ま、アナタご自慢のドラおじがいるから大丈夫でしょ？　ま、駄目なら駄目でアナタのとこのシェアを貰うだけだけど」

「本当にいけ好かない女ね！」

「ジル様に好かれなかったからって、嫉妬？」

「私はヤツのやり方が気に入らなかっただけよ」

「言ってくれるわね、アラサー人間さん？」

エルフ族であるレニィは、30歳を超えても若々しい。

「…………（ビキッ）」

バチバチとふたりの間に比喩ではなく火花が散るのだった。


―――午後二時、ドラゴンズ・ヘブン上層部

「よし、それじゃあ攻略を始めるか」

ドラゴンズ・ヘブンに足を踏み入れた俺たち。今日はソロではなくコラボ攻略だ。

「カナの得物は日本刀だったよな？　それに魔法も使う魔法剣士……カナに似合ってて超カッコいいな！」

「ぴうっ!?」

何気なく掛けた言葉に、顔を赤くするカナ。よく見れば頭の上から湯気が出ている。やはり魔法剣士は排熱の管理とか大変そうだな！

@tarou　：カナの反応かわE。
@colo　：無慈悲なドラおじの天然ジゴロがカナを襲う！
@Zii　：カナぴーはいつまで耐えられるのか！
@kan21　：お、おう。
@tarou　：鉄仮面だったカナが開発されていく様子……たまらんっ！
@g123　：いやだから、カナファン極まりすぎだろ！

コメント欄が俺とカナをオモチャにして遊んでいる。カナはともかく、俺なんかよりキーファを見てほしいのだが！

「むぅ……なかなか良いはんのう。現在の総合スコア……85てん、といったところかな？」

腕を組み、値踏みをするようにカナを見つめるキーファ（超可愛《かわい》い）。

いくら相手がＡＡランクのカリスマ探索者とはいえ、キーファはプリティワーウルフである……カナの力を見定めているのだろう！

「さすがだな、キーファ！　おねえちゃんの力が分かるのか！」

「うんっ！　（さっき抱きついた時に感じた身体の）じゅうなん性バッチリ！　（惚《ほ》れる）スピードは神速だね！　（ぱぱのおよめさんに）相性ばつぐんだと思うよ！」

「おお、さすキー!!」

@tarou　：な、カナの特性を一目で見抜いた!?
@colo　：超かわワーウルフちゃんなにもの？
@kan21：そりゃパパの娘だぞ？　これくらいできて不思議じゃない。
@tarou　：かわいくて天才とか、無敵か？

コメント欄にキーファの話題が増えて来た。良い傾向である。

「それじゃ、俺が前衛でモンスターを引き付けてカナがスピードを生かして剣と魔法で倒す、という陣形で行くか？　あ、もちろん！　キーファにも見せ場を作ってくれよな！」

「……ふにゃあ、夢なら覚めないで」

カナに声を掛けるが、宙を見て何かをぶつぶつと呟《つぶや》いている。

「カナおねえちゃん？」

キーファがポンポンと背中を叩《たた》くと、ようやく我に返ってくれた。

「…………あ、はい！　その形で行きましょう」

恐らく、激闘に備え事前に魔力を練っていたのだろう！　やっぱり魔法使いは大変だ。俺はカナとキーファを引き連れ、ダンジョンの奥へと向かうのだった。

「遅い！」

青白い表皮を持つ飛びドラゴン（仮）の噛みつき攻撃を、最低限のモーションでかわす。

「はあっ!!」

そのままがら空きになった飛びドラゴンの首筋を、ダンジョンポイントを込めた拳でぶっ叩いた。

ドガッ！

ギャ、ギャオオオオンッ!?

派手に吹っ飛ぶ飛びドラゴン。今のパンチにはダンジョンポイントを1しか込めてなかったので、大したダメージにならないはずだ。

「……今です」

ふらふらと地面に落ちてきた飛びドラゴンに向かって、カナが襲い掛かる。

じゃりっ！

傷一つない茶色のコインローファーの靴底が地面を蹴り、砂埃《すなぼこり》が舞い上がった。

「奥義……新月円斬！」

一瞬で飛びドラゴンのそばまで移動したカナは、素早く抜刀し円を描くように斬りつける。

ザンッ！

オーラを纏《まと》った青白い剣閃《けんせん》が、大人の身体ほどもある飛びドラゴンの頭を身体から切り離す。力尽きた飛びドラゴンは轟音《ごうおん》と共に倒れこみ、直径10センチほどの魔石へと変わった。

「おお～、かっけぇ!!」

「おねえちゃん素敵!!」

ぱちぱちと拍手をする俺とキーファ。これが上位探索者の剣技スキルか～。俺は不器用でまともに武器を扱えないから、無骨な打撃技を使うしかないもんな。やっぱ憧れてしまうぜ！

「お粗末さまでした」

カメラに向かって冷たい流し目を送りながら、刀を鞘《さや》に納めるカナ。だが彼女の内心はドキドキだった。

(うおおおお、ケントおにいちゃんとの初めての♡共同作業!!　これはもう、お付き合いしていると言ってもいいのでは!?!?)

緋城カナ17歳、特技は表情を1ミリも動かさずに妄想を繰り広げる事。

(……ていうかわたし、一撃でワイバーンの頭を切り落としちゃった!?)

ドラゴン族の亜種とはいえ、B+ランクのモンスターである。通常なら2、3発剣技スキルを当てないと倒すことができない。

@tarou　：さすカナ！
@daichi：すげぇ！　ワイバーンを一撃で!?　これが緋城カナか！
@kan21　：ドラおじのアシストがあってこそよ。

@umi　：ぱちぱちキーファたんかわゆす。
@colo　：ふむ……カナの瞳の動き……おにいちゃん♡とのコンビネーションにドキドキしてるな、推せる!!
@daichi：いやだから、カナファンこえーよ！

配信コメントも大盛り上がりだ。

「いや〜、それにしても白セーラー美少女が繰り出す、舞うような剣技……か！　マジで憧れるな、キーファ！」

「本当にかっこいいねっ！」

「い、いえ……まだまだ精進です」

緋城カナモードを維持するカナだが、その頬は赤く染まっている。

「あ、そうだ……キーファ、カナおねえちゃんのステータスを見てみたい！」

「えっ？」

すっかりカナの剣技に魅了されたキーファ。俺としても、カリスマ探索者であるカナのステータスは興味があるな〜。

「うう、そんなに面白いものじゃないですよ？」

キーファと俺のキラキラした眼差《まなざ》しに負けたのか、ステータスを表示してくれるカナ。

＝＝＝＝＝＝＝＝＝
氏名：緋城　カナ
年齢：17歳　　　　　種族：人間
HP：780/780　　　　MP：410/435
攻撃力：810
物理防御力：550　　　魔法防御力：550
魔力：610　　　　　　必殺率：73
LONDON Dungeon Explorer College LV5 Tree-Skill
LV5 魔法↓メガファイア↓ギガファイア↓魔法剣（炎）
　↓メガブリザード↓ギガブリザード↓魔法剣（氷）
　↓メガヒール
LV5 剣技↓ソードダンス↓新月円斬↓神速弧斬
＝＝＝＝＝＝＝＝＝

「「おお〜っ！」」

思わず歓声を上げる俺とキーファ。すべてのステータスがハイレベルなだけでなく、何より目を引くのは特別な『ツリースキル』だ。

「ロンドンだって、ぱぱ！　なんたってロンドンだよ！」

「バッキンガム宮殿！」
「ふおおおおおっ！」

@colo　：ドラおじと娘ちゃんの驚き方が微笑ましい件。
@kan21：うっわ、カナってここまで凄かったのか！
@tarou：ふふん、ロンドン探索者養成校のツリースキルを持っている日本人は十人もいないぜ？
それにカナは、汎用スキルをアレンジしてオリジナルのスキルを編み出しているんだ。
@daichi：やべぇな……これが緋城プロダクションの次期エースか。

コメント欄に１００％同意である。やっぱ憧れてしまうぜ！
「俺のスキルなんて、これだぞ？」
改めて自分のスキル一覧を表示する。

＝＝＝＝＝＝＝＝＝
LV3 格闘→右ストレート
LV3 間接→全回復
LV2 レア→超てかげん、非常脱出、キラキラ紙吹雪（キーファ演出用、超だいじ！）
＝＝＝＝＝＝＝＝＝

@kan21：これはこれで訳が分からん笑
@tarou：シングルスキルでレア3つはおかしい。つーかキラキラ紙吹雪って何……？
@daichi：それより、何でダンジョンポイントパンチがスキル一覧に載ってないんだよ？

「ああ、あれはスキルじゃないぞ？　ただの小技だ」

@daichi：小技でドラゴンを倒すなwww

（す、すごいっ！）

　何やらフォロワーたちと雑談を始めたケントおにいちゃんを見ながら、改めてカナは彼の能力に驚嘆していた。ぶっ飛んだHPと物理攻撃力もさることながら、特筆すべきはダンジョンポイントを攻撃に使うというありえない発想である。今考えると、孤児院で見せてくれたデコピンはダンジョンポイントパンチの原型だったのだろう。スキル一覧に載らないのは当然だ。ダンジョンアプリのスキルライブラリに登録されていないのだから。

（うはっ……最高!!）

　コラボが続けば、もっともっとケントおにいちゃんのヒ・ミ・ツを知ることができる！　カナの内心は無事限界化するのであった。

「そろそろ次のフロアに行くか？　カナのスキルをもっと見たいしな」

新たなモンスターが出てこない事を確認すると、俺はキーファを抱き上げ肩車をする。

「うんっ！　カナおねえちゃん、本当にかっこよくて美人だった！　キーファもあんなのできるかなぁ？」

「そうだな……おねえちゃんに教えてもらうか！」

桜下さんに貰った学園のパンフレットには探索者コースも載っている。俺はキーファの基礎能力を鍛えてやることしかできないので、カナに剣技を教えてもらい、中学生になったキーファが美少女もふもふ剣士として華麗に再デビュー……いいかもしれない！

「おししょーさま！」

「そんな……わたしはまだまだ修行中の身、師匠と呼んでいただくなどおこがましいです」

息を整えたカナが俺たちの所に戻ってくる。柔らかそうな頬はピンクに染まっている……奥義と言っていたからな、使うと体温が上昇するのだろう！

「ワイバーンを一撃で倒せたのも、ケントおにぃ……ケントさんのアシストがあってこそです。おそらく、ケントさんの一撃で半分以上のＨＰが削れていました」

「え、そうなん？　飛びドラゴンだから、プレーンドラゴンより強いと思ったんだけどな～」

驚きである。プレーンに比べて飛ぶのだから強いんじゃないのか？

「わいばーんさんは、普通のドラゴンより弱いよ、ぱぱ」

「なるほど。だから1ポイントしかチャージしてないダンジョンポイントパンチでそんなにHPを減らせたのか。さすがキーファは詳しいな！」

@kan21：1ポイントであの威力……。
@g123：ねーよwwwww
@umi：2千円＝ワイバーンのHP半分。
@daichi：コスパ良すぎぎんか笑
@tarou：ドラおじの配信見たの初めてなんだけど、ダンジョンポイントパンチってなに？
@daichi：ドラおじがダンジョンポイントをエネルギーに変換して拳に込める↓パンチ一発でモンスターは消滅。
@tarou：なんそれwww
@colo：無茶苦茶で草。

「…………（やっぱりケントおにいちゃんはすごい！）」
カナは企業案件で、日本トップクラスの探索者や世界ランカーとパーティを組んだこともある。ロンドン探索者養成校の同期には史上最高の魔法使いと呼ばれる規格外の友人もいる。だが、それら人外レベルたちと比較しても全く劣っていないケントおにいちゃんの動き。
自分がダンジョンポイントを攻撃に使えたとしても、ケントおにいちゃんのようにインパクトの一瞬……コンマ一秒以下のタイミングで全てのエネルギーを解放し、最高の効率で相手にダメージを与えることは難しいだろう。それに恐らく無意識に余剰エネルギーを使って自分の拳を守っている。

うずっ

ただでさえ毎分ケントおにいちゃんに惚れ直しているのに、探索者としても興味は尽きない。

（それにコスパも最強！）

フォロワーさんの言う通り、僅か1ポイントであの威力を出せるなら、ダンジョン探索の世界が変わる。なら、自分がするべき事は……。カナは興奮の面持ちでケントおにいちゃんの右手を取る。

「ケントおにいちゃ……ケントさん！　その技を、わたしにも教えてもらえないでしょうか。探索者の頂点を目指すためにも、ぜひ習得したいのです」

修行という建前があれば、いつでも合法的におにいちゃんの家に行けるやったー！　それに教師と生徒……ちょっぴりインモラルな関係最高だぜ、ぐへへ！

……決意を込めた表情とは裏腹に、カナの内心は欲望まみれだった。

「ん？　俺でよければいくらでも教えるけど、こんな小技でいいのか？」

ＡＡランクの探索者が、俺の小手先テクニックを欲しがるとは意外だぜ。

「いえっ、小技などではないです!!　ぜひゅっくりじっくり……神髄を学ばせていただけると！　できれば毎日！　いや毎秒っ!!」

「……カナおねえちゃん、ちょっとは隠そうよ？」

俺みたいなモグリの探索者に教えを乞うなんて……上位ランカーとして屈辱感もあるだろう。現にカナの目は潤んでいる。だがこのあくなき向上心が、あの引っ込み思案だった子をここまで育てたのだろう！

「そうだな、まずはダンジョンポイントの『解凍』からやってみるか」

いたく感動した俺は、カナにダンジョンポイント操作の基本を教えることにした。

「はいっ!!……って、解凍ってどういう意味でしょう？」

「そうだな……とりあえず実践してみよう。俺が事前に『揉《も》んで』おいたダンジコンポイントがあるから、まずは触ってみ？」

ぴっ
10ポイントほどのダンジョンポイントをカナのアカウントに転送する。

「!!!!!!」

（ケ、ケントおにいちゃんのダンジョンポイント……！　これはもう、愛のちゅーにゅー（意味深）と言っても過言じゃないのでは!?!?　やっべ、鼻血が鼻血が……がまんがまん）

クールな表情の下で、大興奮しているカナちゃん17歳。

@tarou：カナの僅かな表情変化……推せる！

@kan21：パパの力の秘密が明らかに!?

@daichi：うおおおおっ!?

コメント欄も加速していく。ケントとカナのコラボ配信は、次のステージを迎えようとしていた。

――――　同時刻、配信車両内控室

「いまのところは大丈夫かしら……」

手持ちのタブレットで配信をモニターしながら、安堵《あんど》の吐息を漏らす凜。突然持ち掛けられた、緋城プロダクションとのコラボ。緋城ジル・ドミニオンが総帥を務める緋城グループは、日本トップクラスのダンジョン企業集合体であり、配信事業における最大のライバルだ。最近では毎年のようにやりあっており、係争中の訴訟もいくつかある。何らかの思惑を持ってコラボを仕掛けて来たのかと警戒していたが……。

「とんでもなく盛り上がっているわね」

緋城カナはケントに好意的（というかベタ惚れ）であり、ケントとカナの息の合ったコンビネーションは双方のフォロワーにも好評だ。

「最初は炎上狙いかと思ったけど」

女子高生ダンジョン配信者が成人男性とコラボする。これだけでも普通は炎上必至なのだが、カナがアイドル的売り方をしていない事、何よりキーファの存在が良い癒しとなっているのか、コメント欄は多少雑然としているが炎上はしていない。

「それに視聴者数……230万人！」

若手トップの女子高生配信者と、ここ一週間ほどSNSのトレンドを独占しているケントとの異色コラボは世界的な評判を呼び、世界ランカーの配信者でも中々見ない数字を叩き出していた。

「それにしては、向こうの出してきた条件が旨《うま》すぎるのよね」

あのいけ好かない女、レニィが持ってきた契約書に視線を落とし、眉をひそめる凜。

「投げ銭、ダンジョンクオーツの取り分はこちらが七割、定期的なコラボを希望し、コラボ実施時には最優先でスケジュールを空ける……か」

緋城カナは緋城プロダクション内でトップの若手配信者で、全国的な人気を確立している。ダンジョン協会や企業の案件も多く手掛けており、学生でもある彼女のスケジュールは多忙を極めるはずだ。これほどの条件を提示してまでコラボをするメリットは先方に無いと思えるのだが……。

「あの男が考える事だものね」

緋城プロダクションの配信部門は近年特に業績を伸ばしているが、所属探索者の入れ替わりが激しいことでも知られている。特にトップ層以外は使い捨てに近い形で危険な未開拓ダンジョンの調査に使われる事もあるという。成り上がれば莫大《ばくだい》な報酬が約束されているので、志望者は多いが。

「それと」

一つ気になるデータもある。凜はフォルダの奥に仕舞っている暗号化された画像ファイルを開く。

とあるダンジョン研究者が纏めたダンジョン別の事故発生率の調査報告。緋城グループ本体の猛抗議で公開が取り消された曰《いわ》く付きの代物だ。

「やはり、多いわね」

ときおりダンジョンで発生する探索中の負傷・死亡事故。緋城グループに所属する探索者が被害者になったケースが突出して多いのだ。

「難度の高いダンジョン中心に潜っているとはいえ……多過ぎね」

敬愛する師匠の教えを守り、探索者第一の運営方針を貫く凜である。最大限所属探索者に利益を還元しているおかげでプロダクションの経営は楽ではないが、まったく後悔していない。

「ケントさんとキーファちゃんに危害は加えさせないわよ」

先日、所属するエース探索者が引退を発表した桜下プロダクションにとっても、彼らはゴールデンルーキーなのだ。

「しばらくは油断できないわね」

当面、自分はふたりの専属になった方が良い。そう考えた凜は、部下に指示を飛ばすべくノートＰＣを開くのだった。


――――午後三時、ドラゴンズ・ヘブン中層部

「よし、まずはダンジョンポイント操作の基礎から教えるぞ」

「わ～い♪」

（どきどき）

ドラゴンズ・ヘブンの中層まで移動してきた俺たちは、周囲にいたモンスターを掃討するとカナに対して臨時のダンジョンポイント活用講座を開いていた。

@kan21：息をするようにモンスターを退治してて草。
@tarou：なあ、気のせいかドラおじが倒したモンスターの中に純粋種のドラゴンがいなかった？
@daichi：ま、まあ今さらだろ。
@colo：ダンジョンポイント操作っていったいなんだろ？

フォロワーたちも興味津々である。

「まずはダンジョンクオーツについてのおさらいだけど……地中から湧きだすマナが体内で蓄積され具現化した結晶のようなもの、というのはみんな知ってるよな？」

「うんっ、キーファの中にもあるよ！」

「探索者適性が現れた者は、体内でエーテルゲートが覚醒するため、マナと人間の持つエーテル……すなわち『生気』と反応しやすくなり、一般人よりクオーツを多く獲得できるという仕組みですね」

落ち着いた声色で補足を挟むカナ。

「へ～、そうだったのか」

「べんきょーになるね！」

@kan21：知らんかったんかい！
@daichi：まったくこの父娘は笑

「ダンジョンクオーツのままでも使えるんだけど、属性があるから使いにくい」

例えば炎属性のダンジョンクオーツをそのまま解凍すると高熱を発する。なによりクオーツはキーファのライフゲージに使いたい。

「そこで目を付けたのが、無属性のダンジョンポイントってわけだ」

ダンジョンアプリを開き、ダンジョンポイント口座と連動させる。

「普通のダンジョンポイントの使い道と言えば、ステータスへのチャージなんだが、ある時俺は、チャージが完了する直前でキャンセルすると……ダンジョンポイントが『柔らかく』なることに気付いたんだ。俺とキーファはこの現象を【解凍】って呼んでいる」

「レンチン、みたいなものだね！」

「は、はぁ……」

@tarou：訳の分からん話になってきてて草。
@daichi：冷凍食品じゃないんだぞキーファたんw

キーファのたとえは分かりやすいな！　だが何故《なぜ》か困惑しているカナと視聴者たち。

「解凍状態のダンジョンポイントは数時間ほどで揮発してしまうんだが……この状態なら簡単にダンジョンポイントが持つエネルギーを取り出せるってワケだ」

ブンッ
俺は右手の人差し指に解凍状態のダンジョンポイントを込めると、手近なダンジョンの壁を指ではじく。

ドガッ！

それだけで直径10センチほどの穴が開いた。

「こんな感じで、それなりの威力を出すことができる。純粋なマナエネルギーの爆発だから、打撃の効かない敵にも通じるぜ？」

@kan21：無茶苦茶すぎるwww
@umi　：チートww
@gen1999：やろうとしたけど解凍なんかできないぞ？　ステータスにチャージされた。

「ん～、そのあたりは慣れるしかないな。ダンジョンポイントをグッとする時、がっと弾《はじ》ける瞬間にバシッと引き戻す感じで！」

@kan21：まったく参考にならねーww
@umi　：天才の説明www

とはいってもなぁ、感覚的なモノだし。

「はいちゅうもく！」

どうやって理解してもらったらいいのか……俺が悩んでいると、とてとてとキーファがカメラの前に歩み出る。鬼可愛い。

「キーファが分かりやすく説明するね！　まず、ダンジョンポイントを1ポイント準備してくださ～い！」

キーファが両手を頭の上にあげる。楽しそうに振られる尻尾。当然俺もキーファと同じポーズをとる。

「そうしたら、これを魔力さんにチャージしてみましょう。とーぜんポイントが足らないので、えらーが出ちゃいます」

当然である。魔力を1上げるには、２００ポイント必要だ。

ブブーッ
キーファのダンジョンアプリから、エラー音が鳴り響く。

「そーすると、ダンジョンポイントはポイント口座にもどろーとしますが……そのタイミングでアプリとポイント口座の接続を切ってキャッチするの！　そしたら、ほら……ぷにぷに！」

　ぱああっ
　キーファの両手の中にダンジョンポイントの輝きが生まれる。

「凄い……わたしにもできたよキーファちゃん！」

　何かコツをつかんだらしいカナが、感激の表情を浮かべている。

「そう、その感覚が大事だぞカナ！　さすがキーファは説明が上手《うま》いな、天才だ！」

「えへへ～」

　可愛くて賢いキーファを抱き上げる。この微妙な感覚を言語化してしまうとは……さすが俺の娘である！

@gen1999：おお、なんか分かったかも！
@kan21：キーファちゃん説明上手で草
@g123　：ドラおじもっと頑張れw

　みんなが納得してくれたところで。配信を開始してからそろそろ二時間だ。ドラゴンズ・ネストの最奥はまだ遠い。

「いったん休憩を挟むか？」

　おあつらえ向きに、通路の先に休憩室の案内が見えた。

『はい、しばらく休憩としましょう。配信の再開は三十分後、午後四時半になります。皆様お疲れさまでした』

桜下さんの管理者コメントの後、CMが流れ始める。

「おやつ!?」

「おう、今日のメニューは……チーズケーキだ!」

「やた〜!」

「(ええええええっ、ケントおにいちゃんの手料理!?)わ、わたしも頂いて良いですか?」

「もちろんだ!」

「うおおおおおおっ!」

すっかり素に戻ったカナを連れ、俺たちは休憩室に向かった。

「「おお〜っ!」」

休憩室に入るなり、歓声を上げる俺とキーファ。先日潜ったダーク・アビスのソレと違い、部屋が広い!

「ふつーは大人数パーティで潜りますからね、ココ」

肩に装着したプロテクターを外したカナが、大きく伸びをする。腰に下げた日本刀の柄《つか》には、見覚えのあるラバーマスコットが付けられている。

「おっ! それって確か12歳の誕生日にプレゼントしたやつだよな! 当時はアイテム作りを始め

たばかりだったから、もっと可愛くできればよかったんだけど」

栗毛《くりげ》の子犬を模したソレは、今見るとちょっと不格好だ。

「ふええっ!? 覚えていてくれたんですかっ!?」

大きな目を真ん丸にして驚くカナ。

「めっちゃ可愛いですよ！　この子はわたしの留学時代を支えてくれた相棒なんです！」

「ふふっ、カナは大げさだな」

実はあのラバーマスコットには幸運のモンスターと呼ばれるラッキーグリフォンの魔石を埋め込んである。当時はおまじないのつもりだったが、どうやら実際に回避率が上がる効果があるらしい。

「そういえば、カナの誕生日って八月だったよな……また何かプレゼント考えてみるか！」

「ふひゃあああああああっ!?」

「ふむ……たーげっとKにくりてぃかるひっと。さすがさいきょ～ぱぱだね」

腕を組んでしきりに頷《うなず》いているキーファ。もしかしてキーファも欲しいのだろうか？　今度作ってやるとしよう。

ぴりりっ
そう考えていると、俺のスマホに音声メッセージが着信する。桜下さんからだ。

『休憩時間に申し訳ありません。配信終了後の演出についてご相談したいのですが……あの女、こほん。レニィ氏が捕まらなくて』

「おっと、了解です。モニタールームで話しましょう」

休憩室には、簡易的な配信スタジオが併設されている。

「……ということで、適当にお茶しといてくれ。おやつはここに入っているから」

「はーいっ♪」

キーファにクーラーボックスを手渡すと、俺はモニタールームに入るのだった。


「えへへ、ぱぱ特製のチーズケーキだよ♪」

「すごっ！　本格的だね！」

休憩室のソファーに座り、クーラーボックスからチーズケーキを取り出す。ふっくらと焼かれたケーキにはたっぷりのカラメルが掛かっており、あま～い香りが部屋中に漂う。

う～、もう我慢できないっ！

「それじゃあ」

「「いただきますっ！」」

備え付けのポットで紅茶をいれてくれたカナおねえちゃん。だけど、まずはふわふわのチーズケーキを攻めるのだっ。

はむっ
「「んん～♡　美味《おい》しい！」」

満面の笑みを浮かべるカナおねえちゃん。たぶんキーファも同じ表情をしていると思う。ぱぱと食べるおやつも最高だけど、おねえちゃんと一緒に食べると、とっても楽しいな！　ぴこぴこと耳が勝手に動く。

「す、すごいっ！　孤児院で焼いてくれたケーキも美味しかったけど、これはまさにプロレベル！」

「ふふ～ん、キーファのぱぱ、すーぱーぱてぃしえ！」

ぱぱのキメポーズを真似《まね》して腕を組み、ドヤ顔をしてみる。

「ぬはっ!?　かわいすぎ！」

「ふふ～」

そうしてチーズケーキを堪能するキーファたちだけど、さっきからカナおねえちゃんがちらちらとこちらを見てくるのだ。ん～、何か聞きたいことがあるのかな？　気になっちゃったので、ピンと耳を立て、カナおねえちゃんの方に向ける。わーうるふさんは耳が良いのだ！

「う～ん、ケントおにいちゃんはこんなにキーファちゃんをかわいがっているのに、なんで危ないダンジョンに連れて行くのかな……もしかして、お金に困ってる？　う～、さすがにこんなこと聞けないよぉ……ならいっそのことわたしがスポンサーになって養ってあげるのは!?　う、うはっ、鼻血が！」

「…………」

なんかカナおねえちゃんの妄想がキケン領域に達していたので、打開策を考えてみる。

「ん～、ぱぱからはあまり人に話しちゃだめって言われてるけど……カナおねえちゃんにならいいか！」

「えっ？」

（ぱぱのお嫁さん候補、一番人気だしっ！）

『まま』になるかもしれないおねえちゃんである。隠し事はしたくない。ちゃんと自分の境遇を説明することにした。

……十分後。

「キ、キーファァちゃーん！」

だきっ

キーファのお話を聞いて、涙を流してくれるカナおねえちゃん。キーファの事を優しく抱きしめてくれた。

「えへへ、くすぐったいよぉ！」

（でも、おちつくなぁ）

全てを包んでくれるようなぱぱの大きな胸も大好きだが、しなやかで柔らかいカナおねえちゃんの身体もなかなかの抱かれ心地だ。

（ぜったいぱぱのお嫁さんになってもらお！）

そう心に決める。凜おねえちゃんも捨てがたいが、なんとなく好みがマニアックな気がするのだ。

「最近はたくさんライフゲージをチャージできてるし、キーファ……ちゃんとぱぱに恩返しをしたいんだ！」

キーファの一番の願いがそれである。ぱぱには絶対幸せになってほしい！

「うんっ！　わたしも全力で手伝うからね!!」

「じゃ、ぱぱのお嫁さんかな～」

「ふひゃあああああああああっ!?」

やっぱりカナおねえちゃんのリアクションは面白い。嬉しくなったキーファはカナおねえちゃんに強く抱きつくのだった。


「きゅうけい時間が終わる前にぜんぶ食べなきゃ！」

ぱくぱくぱく
「ふふっ」

配信再開まであと数分だ。残ったチーズケーキを急いで平らげるキーファちゃん。

「急いで食べなくても、持ち帰ればいいのに」

「おうちに帰ったら、シュークリームがあるからね！」

「まさかの、隙を許さぬ二段構え!?」

どうにか今日の晩御飯にお邪魔できないだろうか。できればお泊まりで!!

（……あれ？）

思わず限界化しかけたカナだが、僅かな違和感に気付いて正気を取り戻す。

きらきらきら
（水と、空属性のマナ？）

美味しそうにチーズケーキを頬張るキーファちゃんの口元から、ほんのわずかにマナの反応を感じる。

（もしかして）

キーファちゃんのマナ欠乏症の症状は、今まで聞いたこともないほど重い。それなのに彼女が健康に暮らせているのは。

（ケントおにいちゃんの手料理に秘密が？）

何しろ、ダンジョンポイントを自由自在に操るケントおにいちゃんである。

（少し調べてみよう）

キーファちゃんねるのフォロワーは20万を超え、ケントおにいちゃんのファンも急増中。恋のライバルは多いので、二人の事をもっと知っておきたい。

（二人のためになるかもしれないからね！）

そう言い訳をして、こっそりダンジョンアプリに内蔵されたマナセンサーで記録を取る。

「よし、そろそろ配信再開だ！」

凛さんとの打ち合わせが終わったらしく、ケントおにいちゃんが配信スタジオから飛び出してきた。

「一気にクライマックスを撮りたいから……ダンジョンの最奥に行くぞ!!」

「りょうかい、ごーごー!!」

拳を突き上げたケントおにいちゃんと同じポーズをとるキーファちゃん。

「…………え？　ここSランクダンジョンですよ？　もう少し慎重に……」

「行こう、カナおねえちゃん！」

「ちょ、ま!?」

テンションが上がった二人に手を引かれ、カナはドラゴンズ・ヘブンの最奥へ連れていかれるのだった。


――――午後五時、ドラゴンズ・ネスト最深部

「よし。カナ、実戦トレーニングだ！」

「がんばれ～♪　おねえちゃん！」

「え、いやあの……ええっ？」

ケントおにいちゃんに手を引かれ、さらにダンジョンポイントの解凍の仕方を手取り足取り教えてもらった。逞《たくま》しいおにいちゃんの肉体と密着したぜぐへへ、と喜んだのもつかの間。

（う、うっそぉ！）

カナはとんでもないモンスターと相対する羽目になっていた。純粋種のドラゴンを上回る巨軀《きょく》、吸い込まれそうなほど深い緑の体色。恐ろしい威力を秘めた丸太のような腕……どこからどう見ても上位種のドラゴンである。

「あれは抹茶ドラゴンだな！　プレーンドラゴンよりちょっと強いくらいだろ！」

「ぐりーんどらごんさんだよ、ぱぱ！」

「大体一緒じゃね？」

（な、何でこの二人はこんなに落ち着いているんですか!?）

今すぐに迎撃態勢を……ていうか早く逃げなきゃ！　ああでも、明日の古文の宿題を先にやっつけないと単位がヤバい。ありおりはべりいまそかりいぃぃぃ!?

さきほどまでの天国状態から、いきなり超高ランクモンスターの目の前に放り出されたカナはひたすら混乱するしかなかった。

@kan21　：グリーンドラゴンwwwww
@umi　　：うせやろ!?　S+ランクモンスターじゃねーか！
@g123　：オレ、はじめて見た……。
@daichi：草も生えない。
@tarou　：【悲報】ドラおじ、配信ライバルのカナを始末にかかる。
@daichi：いやいや、さすがにやべーよ！　誰か救助要請したほうがいいんじゃゃ？
@colo　：なに考えてんの、ドラおじ!!

「??」

何故か荒れるコメント欄。何でフォロワーたちはこんなに焦っているんだ？

「……ははぁ、お前ら、俺だけじゃなくカナも驚かそうとしてやがんな？」

まったく、懲りない連中である。まあ、俺よりカナを驚かせたほうが面白いのは分かるが。
「エルダードラゴンやグレートドラゴンじゃあるまいし。カナはAAランク探索者なんだろ、余裕だって。なにしろAが二つだぜ？　俺の雑魚パンチでもプレーンドラゴンを倒せたんだから、ちょっと強いだけの抹茶ドラゴンなら絶対行ける行ける！」

@kan21：そんなのアンタだけだ笑
@umi：なんでエルダードラゴンは知ってるの笑
@pen：プレーンドラゴンってなに……？
@g123：抹茶ドラゴン wwwww　またもやドラおじ語録爆誕！
@daichi：なんか美味しそう。
@tarou：緊張感なさすぎだろ……。
@kan21：ドラおじならグリーンドラゴンでも一撃なのか？
@daichi：いやいや。
@colo：ちゃんとカナを助けてよ？　カナを怪我《けが》させたら駄目だぞ？

……はっ!?
流れるコメントを読んで、俺は改めて気づいた。これはコラボ配信だと！　たとえばキーファが別の探索者とコラボしたとして、そいつのミスでキーファが怪我したら俺は怒り狂うに違いない。

カナファンへの配慮が欠けていた……不覚っ！　深く深く反省した俺は、切り札を出すことを決意する。

「キーファ！　カナおねえちゃんに、とっておきのやつを頼む！」

「うんっ！　任せてぱぱ！」

むんっ、と胸の前で両手を握るキーファ。三千世界一可愛い。

「がんばれ～♪　カナおねえちゃん！」

くまさんリュックからポンポンを取り出し、踊りながらお尻をふりふり。赤いリボンがでっかくハートマークを描く。

……ああ、最高である。

「わお～ん♡」

ぱあああああっ

キーファの可愛すぎる遠吠《とおぼ》えと共に、カナの全身を淡い光が包む。

「こ、これはっ!?」

説明しよう!!

相手のテンションを上げるだけでなく、潜在能力を大きく引き出すキーファのユニークスキル、『にこにこキーファ』である！　コイツをかけてもらうのはパパの特権ではあるが……キーファとよく遊んでくれていたカナになら許可していいだろう！

「か、身体の奥から力が湧いてきますっ！」

両肩を抱き、感動に打ち震えるカナ。にこにこキーファの威力は絶大だ。当然の反応と言える。

「ダンジョンポイントも解凍しやすくなるよ♪　あと……」

とてててっとカナに走りよるキーファ。ぴょんっとカナに飛びつき、彼女にそっと耳打ちする。

「ここでかっこいいところを見せれば、ぱぱ……カナおねえちゃんを好きになっちゃうかも！」

「!!　うおおおおおおおおおおっ!?」

なにを話したのかは分からないが、くわっと目を見開いたカナの全身から膨大な魔力が立ち昇る。

「おう、その調子だ、カナ！」

「はいっ、ケントさん！　これ、めっちゃアガりますね！」

頰は上気し、赤い両目はキラキラと輝いている。キーファのスキルの効果は十分に出ているようだ。

「いっくぞおおぉ！」

ダンジョンポイントの練りも上手くできている。これならダンジョンポイントアタックも問題ないだろう。

「よし、まず俺が抹茶ドラゴンの足を止めるから、カナの日本刀にダンジョンポイントのエネルギーを纏わせるんだ！」

「はいっ！」

カナが得物を抜刀したのを確認し、俺は抹茶ドラゴンに向けて地面を蹴った。

たん、たん、たんっ

（とりあえず、足を止めておくか）

素早く左右にステップを踏みながら、抹茶ドラゴンの姿を観察する。太い両手足以上に目立つのは、背中に折りたたまれた巨大な羽。抹茶ドラゴンが鎮座する広間は、天井まで数十メートルほどありそうな吹き抜けになっており、空中に飛ばれたら攻撃を当てるのが面倒だ。

ブオンッ！

ばしっ！

「おっと」

尻尾の一撃をダンジョンポイントを込めた左手で弾くと、その反動を使い抹茶ドラゴンの直上に飛び上がる。

「背中が、がら空きだぜ！」

抹茶ドラゴンの背中に着地し、右の拳にダンジョンポイントを込める。

（だいたい30ポイントくらいでいいか）

キイイインッ……バチバチッ
それなりのポイントを込めたので、僅かにダンジョンポイントのエネルギーがスパークする。演出として、右腕を派手に光らせるのも忘れない。俺はそのまま、抹茶ドラゴンの羽の根元に向けて拳を振り下ろした。

ズドンッ!!

拳が命中したとたん、鈍い音と共に巨大な羽が根元から吹き飛んだ。

ズドシュッ！

衝撃波はそれだけで飽き足らず、抹茶ドラゴンの右足に大きな傷を作る。

ギャオオオオオオオンッ!?

苦悶《くもん》の咆哮《ほうこう》を上げる抹茶ドラゴン。

「ん？　やわやわだな。な、プレーンドラゴンよりは硬いけどこんなもんだろ？」

俺は抹茶ドラゴンの背中から飛び降り、カナの近くに着地した。

「さ、次はお前の番だぜ！」

またさっきのかっこいい剣技が見たい！　その希望を込め、カナに向けてサムズアップ。

「……え？　グリーンドラゴンのＨＰが七割削れているんですが？　一撃で……え？」

だが、ぽかんとした表情を浮かべ、その場に立ち尽くしているカナ。

「う、もしかしてやり過ぎたか？」

コラボ配信とはいえ、カナの方が断然フォロワーが多いのだ。俺の乱雑な技で彼女の見せ場を奪ってしまったのかと心配になる。現にあれだけにぎやかだったコメント欄が沈黙している。

@kan21：…………はっ!?　コメントするのを忘れていた！

@umi　：え、いや……なに？

@gen1999：グリーンドラゴンの皮膚を羊羹《ようかん》のように切り裂いた？　拳で？
@daichi：ヤツの皮膚って防御力換算で１０００以上だよな？
@tarou　：お、おう……コラかな？
@colo　：残念ながらリアルタイム配信です……。

う……カナのフォロワーだけでなく、ウチの連中もドン引きしてるじゃないか……これはマズい。

いささか慌てた俺は、カナとのコラボ感を出すため、カナに話しかける。

「……こほん、指導の続きをしようか」

（!!　個別指導っ♡）

なぜか頬を染めるカナ。素早く彼女の様子を観察する。ダンジョンポイントを練る事はできているが、武器に纏わせる所でいまいちコツをつかみ切れないようだ。

「カナ、ダンジョンポイントを手のひらに集めて武器に流し込むイメージだ」

「は、はいっ！」

「んっ」

にぎっ
日本刀を持ったカナの右手を摑み、お腹《なか》くらいの位置に下げてやる。こうすれば、エネルギーとして『解凍』されたダンジョンポイントが動きやすくなる。どうしても身体が密着してしまうが、カナには我慢してもらおう。

「ぴうっ!?」

俺の胸に触れている背中の体温が上がり、カナのつむじからわずかに湯気が上がる。いいな！

ダンジョンポイントを正しくエネルギーに変換できている証拠だ！

「カナおねえちゃん、お顔真っ赤！」

@kan21：また始まった笑
@g123：カナ、目が潤んでて草。
@tarou：かわいい。
@colo：かわいいい。
@Zii：くぅぅ、カナの成長が、推せる！
@daichi：温度差で風邪ひきそうなんですが。

カナの指導に集中しているのでコメント欄は見られないが、勢いを取り戻したようだ。

「さあこのまま、抹茶ドラゴンにお前の奥義をぶつけてやれ！」

俺が優しく背中を押してやるとカナは弾かれたように走り出して……。

（はうぅ、ドキドキが止まらない……こうなったらもうヤケクソだよ！）

「ひ、秘技……神速弧斬っっ！」

ザンッ!!

グオオオオオオオオオンッ!?

三日月のような弧を描くカナの剣筋は、抹茶ドラゴンの身体を深々と切り裂いたのだった。なにこれかっけぇ！

「よし、キーファ……そこだっ！」

カナの一撃は抹茶ドラゴンのＨＰを削り切れず、２だけ残ったそうなので、パパ的にトドメはキーファにさせてもらうようお願いした。

「ほ、本当に大丈夫ですか？」

カナは心配そうだが、足をやられた抹茶ドラゴンはほとんど動けない。念のため、いつでも拳を放てるようキーファの右隣に立つ。

「えいっ、キーファぱ～んち♪」

ぱこっ！

くまさんグローブ（パパ特製。こないだ倒したイカキングの素材を使って改修済み。水属性の攻撃が付与されたそうだが良く知らない）をはめたキーファの右手が抹茶ドラゴンの頭に命中する。

ずっ……バシュバシュバシュッ！

そのとたん、鋭い水の刃が抹茶ドラゴンを切り裂いた。

「はっ？　追加効果ありの武器!?　ていうか今、グリーンドラゴンの皮膚を貫きましたよね!?」

ぱあああああっ
一抱えほどの魔石を残し、消滅する抹茶ドラゴン。キーファの一撃は無事、抹茶ドラゴンのＨＰを削り切ったようだ。

「う～む、グローブはかわいいけどエフェクトはかわいくないな……調整が必要か」

キーファの攻撃は常に可愛くないといけないのだ。思わず考え込む俺。

「やったぁ！　ぱぱとカナおねえちゃんのおかげだね！」

ぴょんぴょんと飛び跳ねて喜ぶキーファ。

おっと、装備の改良はいつでもできる。いまは勝利のポーズを撮らないとな！

「キーファ、よくやったぞ！」

俺はキーファを抱き上げると、いまだ呆然《ぼうぜん》と立っているカナのもとへ歩いていく。

「……えっと、見間違いかな？　キーファちゃんの攻撃力って確か55だよね？　そこに装備効果と属性加算が乗ったとして、どうやって防御力１０００のグリーンドラゴンの皮膚を？　いや待てカナ、ダンジョンポイントの加算を忘れているぞ……とはいえキーファちゃんが使えるレベルのダンジョンポイントパンチで攻撃力８００以上の差を埋められるなんてぇぇぇ？」

「??」

両手の指を折り曲げながら、何かを一所懸命計算しているカナ。

「ふっ……そんなもの、指数関数だ！」

ダンジョンポイントパワーの計算をしていると判断した俺はそう答えてやる。ダンジョンポイントを多く込めれば込めるほど、威力は加速度的に上がっていく。その分防御に回すエネルギーも増えるから、効率的には微妙だけどな。

「しすうかんすうってなにいいいっ!?」

頭を抱えて叫ぶカナ。指数関数って高校数学だったよな？　彼女の学校での成績がいささか心配になる俺。まあいいか、早くエンディングを撮ろう。そう判断した俺は、抱いていたキーファをカナに手渡す。

「わわっ？」

「カナおねえちゃんも、最高にかっこよかったよ！」

満面の笑みを浮かべたキーファが、カナの首根っこに抱きつく。

「ぬはっ、もふもふっ!?」

「ダンジョンポイントの扱いも完ぺきだった。さすがカナ！　孤児院の年長さんの中でも一番見込みがあったもんな～」

昔みたいに、カナの頭を優しく撫でてやる。

「ほうっ!?」

まだ奥義の余波が残っているのか、顔を真っ赤にしてしまった。

「ぱぱ、勝利のぽーずしよう！」

「おうっ！」

カナに抱きついたまま尻尾をぶんぶんと振るキーファに向かってスーパーウルトラ大事スキル『キラキラ紙吹雪』を使う。

「ぴ、ぴーす？」

キラキラと光り輝く紙吹雪が舞い散る中、おずおずとダブピポーズを取るカナ。

「いえ～い♪」

キーファの元気な声がそれに重なる。

フォロワーたち：か、かわいいいいいいいいいいいいいっ!!　×300000

ふたりの勝利のポーズを受けて、危うく落ちかける配信サーバーなのだった。

世界に広がる『ドラおじ』

◇◇　ダンジョン配信総合フォーラム　◇◇

ころ：いや〜、昨日のコラボ配信は凄《すご》かったな……。
まさ：途中でコメント欄が飛んだせいで、ここが避難所代わりになったもんな。配信コメント数100万って新記録じゃね？
Zita：最終的に同接どこまで行ったの？
ころ：280万らしい。
たろう：うせやろ……。
二号：今期の世界記録で草。
ころ：それどころか、あの『エスペランサ』がドラおじの獲得に動いているらしいぞ！
二号：マジかよ……ガチの世界ランカーギルドじゃねえか。所属すれば日本人初か？
ぴの：世界のドラおじ！
だいち：海外のポイッター、#DoraOji がトレンド入り！
Zita：俺たちのドラおじはどこまで行くんだ……。
二号：おい、キーファちゃんねるで緊急の発表があるらしいぞ!!

ころ　：マジか!?　もしかして、エスペランサ移籍？
じい　：まってくれ！　ワシはカナとの進展を見たいんだあああぁぁ！
ころ　：お、おう。
二号　：来たっ!?……って、キーファたんのアクスタ発売のお知らせwwwww
まさ　：そっちかよ!!
ころ　：草www
ぴの　：パパぶれなすぎて惚《ほ》れる。
Zita　：ダンジョンクオーツを投げるとカナとのコラボバージョンが買えるらしい。
たろう：なんそれwww
◯りくん：キーファたんのアクスタ、10個買った！
ころ　：通報した。

ケントとカナのコラボに沸く日本のネットだが、正規版、海賊版を問わず配信動画は様々な言語に翻訳され、世界中に拡散されつつあった。

――――同日、ニューヨーク・タイムズスクエア

桜下《サクラシタ》プロダクションから配信権を購入した企業が、モニターの一つを使ってＣＭを流している。

『■◇■　DRAGON DADDY FANTASTIC FIGHTING　■◇■』

ケントの光り輝く拳が、グリーンドラゴンを捉える。力イズパワー、パワーイズ力である。

「YES!!　Dora-Oji!!!　YAHHHHHHH!!!」

豪快にモンスターを吹き飛ばすケントのダイジェストムービーは、アメリカで歴史的な再生数を記録した。


――――南半球、グレートバリアリーフに属する、とある島

「お姉ちゃん！　このヒトすごいよ！」

健康的な褐色の肌を持つ8歳くらいの少女が、買ってもらったばかりのスマホで食い入るように動画を見ている。

「わわっ！　DRAGON を ONE-PAN で倒しちゃったね！」

ブーメランを背負い、ダンジョン探索の準備をしていた姉らしき少女も、動画を見て目を輝かせる。

「Kento に Keyfa……それに Kana か！　かっこいい！　アタシもこんな Dungeon Explorer になる！」

漫画やアニメにダンジョン配信。日本のサブカルに憧れる少女はいつか日本に行って三人に会おうと心に決める。ドラおじの名は、都会の喧騒《けんそう》から離れた南の島にまで届いていた。

――イギリス、ロンドン。英国探索者協会本部

「ふうン、興味深いわね」

豪華な装飾が施された古めかしい椅子に腰かけた少女が、亜麻色の髪をかき上げながら独りごちる。

「魔法も使わずに、グリーンドラゴンを倒すなんて」

無数の魔石があしらわれたマジックロッドを両手で弄ぶ。ファンタジー世界から飛び出してきたようなローブを纏《まと》った少女は、世界が繋《つな》がる遥《はる》か以前から魔術を研究していた旧家の末裔《まつえい》で、亜人族の血を引くハーフエルフ。

「それに、Kana……やはり貴方《あなた》は」

もし日本に行くことがあれば……楽しいものが見られるかもしれない。少女は端整な顔に浮かべた笑みをより深くするのだった。

アジアで、中東で、アフリカで、南米で。無数の人々がケントたちの配信動画を見て、歓声を上げる。その結果が……。

――数日後、大屋《オオヤ》家リビング

「う、うわあああっ!?　ヤバそうなメッセージがたくさん来てやがる!?」

三時のおやつを作ろうとスマホでレシピを調べていた俺は、ダンジョンアプリに数千に上るメッセージが届いていることに気付き、思わず叫んでしまう。

「しかも、読めない文字ばかり！　やべぇ！　インターネットが壊れた！」

パソコンの事はよく分からないが、こんぴゅーたーういるすというヤツだろう。ネットが繋がらないと配信もライフゲージへのチャージもできない。大ピンチである！

「キ、キーファ、どうしよう!?」

狼狽《ろうばい》した俺は、我が家のＩＴを一手に担う愛娘《まなむすめ》に頼る事にした。

「……ぱぱ、インターネットが壊れたら世界的大事件だよ？」

アプリの状態を一目見るなり、何か分かったらしいキーファが、ジト目になり口を尖《とが》らせる。

「これは、ぱぱ宛のファンレターだね」

「なん……だと？」

思いがけないキーファの言葉に唖然《あぜん》とする。

「ファンレターだって？　オレオレ詐欺とか、いつの間にかダイヤル○ツーに繋がってしまうアレじゃなく!?」

「……ぱぱ、ちょっと古すぎるよ」

「ぐはっ!?」

キーファ曰《いわ》く、世界中から届いた俺やキーファ、カナに対する応援メッセージらしい。

「これは……スウェーデンから！　こっちはベネズエラからだね！　あっ、オーストラリアの女の子からも来てるよ！」

メッセージの中には動画が添付されたもの、プレゼントとしてダンジョンクオーツ口座のアドレスが付いたものまである。

「あはっ、かわいい～♪」

キーファが再生した動画の中では、彼女と同じくらいの年齢と思われる少女が、たどたどしい日本語で俺とキーファ、カナを応援してくれている。

「す、凄いな……」

配信コメントばかり見ていたので実感が湧かなかったが、こうして動画で見ると本当に俺らのファンって実在するんだな……。

「えへへ、ぱぱがカッコいいもんね～♡」

「キーファの愛らしさには負けるけどな！」

「カナおねえちゃんの綺麗《きれい》さも！」

「おう！」

イチゴのコンポートを作りながら、テレビに映した応援メッセージをほっこりと眺める。穏やかな昼下がりの時間が流れていたのだが……。

ぴりりりりっ

俺のスマホが着信音を立てる。発信者は……桜下さんだ。

「お疲れ様です！　どうしました？」

料理中で手が離せないため、ハンズフリーモードで通話をつなぐ。

『お休み中に申し訳ありません。お二人に仕事のご相談があり……それであの、配信案件ではないのですが』

「おっ？」

「ふお？」

桜下さんにしては歯切れが悪い。俺とキーファは思わず顔を見合わせるのだった。


――――数時間ほど前。桜下プロダクションの凜《リン》執務室

「とんでもない成果ね……」

先日のコラボ配信は大成功だった。同時接続数は今年の世界記録である２８０万人。大量の投げ銭とダンジョンクオーツが投げられた。桜下プロダクションへの反響も大きく、国内だけでなく国外からもたくさんの案件が舞い込んでいる。

『うおおおお、こんなにダンジョンクオーツが!?　次の配信はいつします？　来週ですか？　俺としては明日でもいいですよ！』

ケントたちのやる気は天井突破で、いつでもダンジョン配信をしてくれるそうだ。

『ところで折り入って相談なのですが……』

そう言われた時は心臓が止まりそうになった。ケントたちのもとには数百を超えるオファーが殺到していた。その中には世界トップの探索者ギルドからのオファーもあり、提示された想定を遥かに超える破格の移籍金……本人の意思があれば断ることはできそうにない。

『キーファのアクスタを作りましょう!!』

『わ～い！』

実際は、あまりに可愛《かわい》いお願いでずっこけたのだが。

「それよりも、ケントさんが見せた新世代のダンジョン攻略の方が問題ね」

ダンジョンポイントを攻撃に使う……その発想もさることながら、いくら緋城《ヒジョウ》カナがAAランクの探索者とはいえ、あっさりと彼女にもその技術を習得させた。ケントの見せた革新的なスキルに、ダンジョン界隈《かいわい》は震撼《しんかん》しっぱなしである。数多《あまた》の探索者養成校やギルドから技術指導のオファーが届いているのだが……。

「まずは自分の所を優先させてもらいましょう」

七月に自身が運営する探索者養成校でダンジョンポイントアタック講座を開くことになっている。カナとのコラボが良いだろう。ＰＣを開き、関係各所との調整を開始する凜。

「……あら？」

その時、当の緋城プロダクション（正確には親会社の緋城グループからだが）から、一通のメッセージが届いている事に気付くのだった。

――――同日。緋城グループ本社ビル最上階。緋城ジル・ドミニオン専用フロア。

いつもの制服姿ではなく、着慣れないスーツに身を包んだカナは、緋城グループ総帥にして自身の義父であるジルと面会していた。

（う、うわぁ）

（い、いったい何だろう？）

義父《ジル》が自分を呼び出すことなど、めったにない。ダンジョン配信の成果報告はマネージャーのレニィに一任しているし、ダンジョン探索案件はグループ本体から一方的に指示されるだけ。ジルにとってはカナもグループに所属する無数の探索者のひとりであり、娘だからと言って特別扱いされることはなかった。

「今回のコラボレーション、よくやったぞ」

「…………え？」

豪華な椅子にどっかりと腰かけた義父《ジル》から掛けられたのは、思いもよらぬ言葉だった。

「いや、本当に素晴らしい。お前のフォロワー数は１５０万を超えるとはいえ、その人気は日本国内に偏っていた。それがどうだ」

ジルが両手を広げると、執務室の壁全面に埋め込まれたモニターに映像が映し出される。無数のグラフ、ニュース記事、動画の切り抜き。そのほとんどがケントとカナのコラボ動画、特にカナが見せたダンジョンポイントを使った剣技という革新的なスキルへの賛辞で溢《あふ》れている。やれ、『緋城カナはこれを予測して大屋ケントと友誼《ゆうぎ》を結んでいた』だの、『ロンドン探索者養成校を優秀な成績で卒業し、エリートコースを歩んできた緋城カナこそ、ダンジョンポイントを使ったスキルの大家になるだろう。感覚でそれを使っている大屋ケントとはモノが違う』などなど。

（ひょえええええっ!?　買いかぶりすぎですよぉ！）

自分はただケントの凄さに驚愕《きょうがく》し、愛の♡個別指導♡を受けて限界化していただけである。こんなに持ち上げられるような出来ではなかった。

「お前を娘にして、本当に良かった。これからもオレのために働いてくれよ？……ありがとう」

「!?!?」

記憶にある限り、初めて聞く感謝の言葉。義父《ジル》は笑みさえ浮かべている。

「あっ、あっ……ありがとうございますっ！」

感激したカナは、勢いよく頭を下げる。こぼれた嬉《うれ》し涙《なみだ》が、カーペットに染みを作った。

義父《ジル》に認められた……家族として！　カナは感動に打ち震えるのだった。

「……褒美というわけではないが、お前に一つ頼みたいことがある」

「え？」

ジルの言葉に、顔を上げる。

「今度の三連休、北陸に出現したとあるダンジョンの深度調査に行け……もちろん、彼らも一緒だぞ」

すっ

いつの間にか背後に立っていたレニィから、正式な指令書が手渡される。

「こ、これはっ!?」

そこに書かれていた参加メンバーの名前。

「ケントおにいちゃんとキーファちゃん!? それに二泊三日!?!? しかも宿泊先は高級温泉旅館んんんんんっ!?!?!?」

思わず歓声を上げるカナ。こんなの……こんなの……ただのらぶらぶ♡新婚旅行♡じゃないか!

「……行ってくれるな?」

「も、もももちろんです! この緋城カナ、粉骨砕身! 七十二時間一秒も無駄にすることなくっ! 励ませていただきますっっっ!」

断るなんて、ありえない。一瞬でテンションマックスになったカナは、ジルに一礼すると執務室を飛び出していく。

「やっほおおおおっ!! や、やっぱり勝負下着も準備しといたほうがいいかなあああっ!!」

限界化したカナの声が、ドップラー効果で遠ざかっていく。このフロアには限られた人間しか入れないから、まあいいだろう。

「全くあの娘《むすめ》は……振る舞いに気を付けるようにいつも言っているのに」

忌々しげに舌打ちするレニィ。

「ふん、今ぐらい浮かれさせてやれ」

カナの前で被《かぶ》っていた仮面を脱ぎ捨て、いつもの酷薄な笑みを浮かべるジル。

「それにしても、不安定なCランクダンジョンの深度調査ですか。埋蔵魔石は期待できるものの、立地と予想されるリスクから他社が探索権を放棄した曰く付き。正直割に合いませんし、カナにとって役不足だと考えるのですが……」

レニィの当然の指摘に、浮かべた笑みを深くするジル。

「くく、説明してやる」

ぐっ

「あっ」

ジルはレニィの細い腰を抱き寄せ、詳しい説明を始める。

「まず、イレギュラー《ケント》を正式に【贄《にえ》】候補に加える」

「はい」

ダンジョンで得られる魔石・素材の質を大きく向上させることを目的の一つとするプロジェクト・イシュタル。

「義娘《カナ》が計画の中核を担う点は変わらないが、何事にもバックアップは必要だ」

義娘《カナ》がイレギュラー《ケント》と出会うきっかけとなったドラゴンズ・ネストでの一件。たまたまレニィが別案件でカナの監視を離れていたため、最悪の場合は義娘《カナ》を喪《うしな》うこともあり得た。ダンジョン探索にはどうしても危険が伴う。

「だが、その絶体絶命の危機に際し、義娘《カナ》はイレギュラー《ケント》を引き寄せたのだ……贄としての質の高さを再認識できた」

150万を超えるファンを持ち、どん底から這《は》い上がってきた努力家で運も強い。カナがジルの考える計画の、最上の贄であることは変わらない。

「だがそこに、連中がスパイスとして加わることで」

ぱちん

壁のモニターに、新たなグラフを表示させるジル。

「こ、これは！」

「素材獲得レベル及び効率が、さらに40％以上向上する見込みだ」

まったく。義娘《カナ》とイレギュラー《イケント》が、これほどの相乗効果を生むなんて、笑いが止まらない。

「もちろんこれは理論値であり、この域まで到達させるには義娘《カナ》と連中の関係性を深める必要がある」

「では、そのための仕込みの一つだと」

得心した様子のレニィが大きく頷《うなず》く。

「ああ。マナバイタルの関係性《リンク》を深めるには、極限状態に晒《さら》すのが一番効果的だ。すでに仕掛けも準備している」

「い、いつの間に……感服致しました」

「レニィ、お前は万一の事態に備え、義娘《カナ》たちを陰から監視しろ。だが、脱出させるのは最後の最後でいい。最悪、生きてさえいればよいのだ」

即応態勢で、優秀な治療チームも待機させている。

「承知致しました。ジル様」

ジルの腕の中で、恭しく首《こうべ》を垂れるレニィ。

「ふふ、金鉱脈と化したダンジョンで収穫される魔石と素材を使い……オレが世界を支配する日もそう遠くはないな」

ジルは満足げに頷くと、レニィをソファーに組み伏せるのだった。

第四章　ダンジョン探索案件

ぴんぽ～ん！

「!!　カナおねえちゃんだ！」

ランドセルを背負ったまま、玄関に突進していくキーファ。今から行うのは、明日出発するダンジョン探索案件の打ち合わせ。先日のコラボ配信から引き続き、カナとコンビを組む事になっている。

「わざわざ来てくれてありがとな！」

玄関にいるだろうカナに声をかける。

「いえっ！　むしろ光栄です!!」

「お、おう？」

本来なら桜下《サクラシタ》プロダクションの会議室でするべきだったが、キーファの学校行事（授業参観!!）があった都合で大屋《オオヤ》家での開催とさせてもらった。

（キーファが勉強を頑張る姿……最高だったな!!）

移籍記念配信と先日のコラボ配信でゲットしたダンジョンクオーツのお陰で、キーファのライフゲージは１２００日分を超えた。ダンジョン配信を優先して学校をお休みする事も多かったのだが、これからはちゃんと通わせてやれそうだ。

「こっちこっち！」

「お、お邪魔しますっ」

キーファに手を引かれ、おずおずという感じでカナがリビングに入ってくる。

「ふおお……（ケントおにいちゃんの、おうち!!）」

しかも、明日は早朝に出発するのでお泊まりである!!

（やっべ、鼻血が鼻血が！）

垂れそうになる鼻血を必死に抑える。あくまでお仕事の一環とはいえ、憧れのおにいちゃんの家でお泊まりなのだ。興奮してしまうのは当然と言えた。

（それにしても……お部屋の中が、キレイ！）

ケントおにいちゃんとキーファちゃんの自宅は、一般的な３ＬＤＫの賃貸マンション。だが、室内は隅々まで掃除され、壁や棚にはいくつものインテリアが飾られている。自分の部屋の三倍は綺《き》麗《れい》だ。

（うっ……精進せねばっ！）

ケントおにいちゃんはお料理もお掃除も完ぺき。緋城《ヒジョウ》カナ17歳、女子力のピンチである。

「打ち合わせと言っても大体はマネージャーさんから聞いてるだろうから、のんびりとくつろいでくれ～」

「は、はいっ！」

ぽすんとソファーに腰を下ろし、きょろきょろと興味深げに周囲を見回すカナの服装は、学校帰りなのか制服姿だ。藍色のブレザーにグレーの膝丈チェックスカート。長い髪はお団子にして、眼鏡をかけている。変装の意味もありそうだが、孤児院でキーファと遊んでくれていた年長さんの『山下』カナはこちらのイメージに近い。

「腹減ったろ？　よかったら食べてくれ」

微妙に緊張している様子のカナ。キーファがいるとはいえ、若い（当社比）男のいる家に泊まるのだ。俺はカナの緊張をほぐそうと、冷蔵庫からお手製クリームブリュレを取り出しお茶と共にカナの前に置く。くくく、俺のスイーツバリエーションは無限だぜ！

「わ～い！　ぱぱのお菓子だ～♪」

「え!?　ケントおにいちゃん、こんなのまで作れるんですかっ!?　スゴイ!!」

テーブルの上でキラキラと輝くクリームブリュレに釘付《くぎづ》けのカナ。ふふ、昔を思い出すな……差し入れのお菓子を嬉《うれ》しそうに食べてくれたたっけ。

（おっと、今のカナはトップ探索者か）

銀座の高級洋菓子店で買ったスイーツとかの方が良かったかもしれない。

「ぱくっ……お、美味《おい》しいっ!!」

「やっぱり、ぱぱのお菓子は最高だねっ！」

……どうやらお気に召してもらえたようだ。美少女二人のスイーツ顔は、額に入れて飾りたいほどに尊い。俺はスイーツの第二次攻撃を仕掛けるべく、オーブンレンジのスイッチを入れるのだった。

そして、当のカナは……。

（うおおおおおおっ、こないだのチーズケーキに引き続き、ケントおにいちゃんの手料理!!

もはや、ケントおにいちゃんと一心同体になったと言っても過言じゃないのではあああああ!?

再会して二週間でお泊まり……ならば一か月後には、挙式!!!　うっはああああああああっ!?）

「カナおねえちゃん、鼻血たれてる」

無事限界化していたのであった。


『……ええと、スイーツの物産展ですか？』

「すみません、少々張り切りすぎまして」

テーブルの上を埋め尽くすスイーツの山に、桜下さんが苦笑している。彼女は別件で関西に出張中なので、本日はリモート参加だ。俺たちは都内から移動なので、中間点の名古屋で合流することになっている。名古屋で在来線特急に乗り換え、目的地を目指す。何故《なぜ》特急なのかって？　キーファに綺麗な海を見せてやりたいからな！

『……私もお相伴したかった』

「え、なんですか？」

スイーツ大好き女子二人の相手をしていたら、桜下さんの言葉を聞き逃してしまった。

『な、なんでもありません。先日ご相談した通り、目的地は北陸地方に出現した新しいCランクダンジョン。今回は配信ではなく、ダンジョンの深度調査になります』

桜下さんの言葉に頷《うなず》く。

「ぱぱ、配信はしないの？」

不思議そうな表情を浮かべるキーファ。そうか、キーファはほとんど配信でしかダンジョンに潜った事がないものな。

「わたしやケントおにいちゃんみたいに、ダンジョン配信を行う探索者は目立ちますが、八割近くの探索者は魔石回収を目的としたダンジョン探索や、ダンジョンの深度調査がメインですからね。これが探索者本来の仕事と言ってもいいかもです」

「へ～」

カナ先生の講義に大きく頷くキーファ。可愛《かわい》い。

『……ケントさんたちはダンジョンクオーツを集めなくてはいけないのに、ウチの都合に付き合わせてしまい申し訳ありません。取引先から急に債務の支払いを求められまして』

形の良い眉を下げ、本当に申し訳なさそうにする桜下さん。

『今回は緋城プロダクションの提案に乗らせてもらう形になりました。カナさん、ありがとうございます』

「い、いえっ！　わたしは何も！」

ぱたぱたと両手を振るカナ。先日の配信後、夕食の席で聞いたのだがプロダクションの経営はそこまで楽じゃないらしい。業界最低クラスの手数料に、探索者ファーストを貫く桜下さんだからな。

「桜下さんは大屋家の救世主ですからね、いくらでも手伝いますよ！」

「ありがとう、凜《リン》おねえちゃん!!」

『ふ、ふふふっ、ありがとうございます皆さん！』

俺とキーファの言葉で、ようやく満面の笑みを浮かべてくれた。

『では、日程を詳しく説明しますね』

Ｗｅｂ会議の画面に資料が表示される。

『件《くだん》のダンジョンが出現したのは一年ほど前。何の変哲もないＣランクダンジョンでしたので、地元の企業が深度調査を始めたのですが……』

僅かに眉をひそめると、資料を切り替える桜下さん。

『Ｃランクダンジョンにしてはマナの噴出量が異常で、強力なモンスターが出現したそうです。探索しにくい僻地《へきち》にある事もあり、しばらく放置されていました』

資料に映っているのは、ガーなんとかに飛びドラゴン。俺のパンチで一発だったとはいえ、確かにこのランクのダンジョンに出現するモンスターにしては、強いのか？

「マナの噴出量が異常……もしかして近くに温泉がありませんか？」

高ランク探索者の顔になったカナが、桜下さんに問いかける。

『さすがカナさん！　よく分かりましたね』

眼鏡の奥で目元をほころばせ、別の資料を開く桜下さん。

『カナさんのおっしゃる通り、ダンジョンの近くには某有名温泉の源泉があり、地熱の高さやマナの不安定さもあって、探索難易度が高いのです』

「最近発表された仮説では、火山や温泉は地殻の最奥に溜《た》まったマナの噴出を誘発すると言われていますね。この数値を見ると、さもありなんといった感じですか」

『はい、私もそう思います。今回、このダンジョンの深度調査を終えればダンジョンの探索権が緋城グループからウチに譲渡されることになっておりまして、カナさんには所定の報酬を……』

「「はえ～」」

仕事の話を始めた二人。俺とキーファはダンジョン事情には疎いので、ただ感心するしかない。

（それにしても、温泉近くの野良ダンジョンは不安定なのか）

道理で人が少なかったはずである。本格的に配信を始める前までは潜りまくっていたのだが、叱られそうなので二人には黙っておいた方がよさそうだ。

「ぱぱ、温泉だって！　キーファ、おふろに入れるかなぁ？」

『ふふっ、もちろん近くの高級温泉旅館を予約していますよ』

「!!　やったぁ!!」

心憎い桜下さんの気配りに、その場で飛び上がって喜ぶキーファ。ライフゲージや発作が心配で、泊まりでの旅行なんて考えられなかった大屋家である。仕事とはいえ、キーファと温泉旅行か……

感慨深くて目頭が熱くなる。

「お、温泉旅館……重なり合うおふとん……障子の向こうに憧れのおにいちゃんが」

『あ、もちろんカナさんは別室です』

「ぬふうおおおっ!?」

カナの謎咆哮《ほうこう》と共に打ち合わせは終わり、俺はカナとキーファに渾身《こんしん》の晩飯（クリームシチューとビーフコロッケ）をふるまうのだった。

――午後九時半。大屋家客間

「えへへ、カナおねえちゃんと一緒のおふとんだぁ♡」

もふもふっ
「ふわあああっ、キーファちゃんかわいすぎ！　ふわふわ！」

「ぎゅっ♡」

可愛いチューリップ柄のパジャマに着替えたカナおねえちゃんの胸に抱きつく。

「ひゃああああああっ!?」

つやつやになったじまんの尻尾を腰のあたりに当てると、くすぐったそうな声を上げるカナおねえちゃん。可愛い。すらりと伸びる長い手足に、柔らかいおむね。キーファもカナおねえちゃんのようなスタイルを目指したいな！

「えへへ」

美味しい晩ごはんとにぎやかなお風呂を終えた後、キーファとカナおねえちゃんは客間でパジャマパーティをしてるのだ。

「ああ、いいなぁ……」

うっとりとした表情でキーファを見るカナおねえちゃん。

「いつもはマンションで一人暮らしだし、義父《ジル》に会える用事は数か月に一度あればいい方だし、レニィは仕事以外ではまったく連絡してくれないし。一つ屋根の下に大好きな人たちと一緒にいるなんて……」

小さく聞こえた独り言に、胸が熱くなる。

「カナおねえちゃんはもう、『家族』だもんっ！」

「!!　ううっ」

キーファの言葉に、ポロリと涙をこぼすカナおねえちゃん。ちょ、ちょっといきなり過ぎたかな……カナおねえちゃんの頭をよしよししてあげる。

「んんっ、そういえばキーファちゃんのマナ欠乏症について、分かったことがあるんだけど」

「ふみゅ？」

赤くなった目をごまかすように、話題を切り替えるカナおねえちゃん。そういえば、ドラゴンズ・ヘブンの休憩室でキーファの病気の事をお話したんだった。どうやら、カナおねえちゃんが色々調べてくれたらしい。

「キーファちゃんくらい症状が進んでいると、普通は普段の生活にも支障が出るんだって」

「ふむふむ」

たしか、治次郎《ナオジロウ》おじいちゃんもそんなことを言っていた。ぱぱの愛情がすごすぎるから、キーファは大丈夫なのだと思っているんだけど。

「だからね、わたしちょっと調べてみたの」

ベッドの横に置いたポーチからスマホを取り出し、数枚の写真を見せてくれる。映っていたのはチーズケーキにクリームシチュー。ダンジョンで食べたおやつに今日の夕食。どれもぱぱの手作りだ。

「よいしょ」

カナおねえちゃんが写真の横にあるボタンをタップすると、写真の色が変わった。

「！」

料理を彩る、赤青黄色。これは……マナ？

「そう、ケントおにいちゃんの手料理には微量な属性マナが含まれていて、それがキーファちゃんの体調を支えてくれてるっぽいんだよね。たぶん、ケントおにいちゃんはダンジョンポイント操作が上手だからだと思うんだけど……」

「〜〜〜〜っっ!?」

おねえちゃんの言葉を聞いて、思わず両手を口元に当てる。ジワリとにじんだ涙で視界がゆがむ。

大好きなぱぱ……頼りになるカッコいいぱぱ。キーファの為《ため》にダンジョンに潜るだけでなく、二十四時間三百六十五日。生活の全てでキーファの命を支えてくれていたのだ。

「……ちゃんと大きくなって、恩返ししなきゃだね！」

「うんっ!!」

感極まっちゃったので、思いっきりカナおねえちゃんに抱きつく。

「カナおねえちゃんも、絶対にぱぱをしあわせにしてね!! キーファ、弟か妹が欲しいなぁ♡ きせー事実を作っちゃう?」

「ふ、ふひゃああああああああああっ!?」

照れ隠しのいたずら発言に、真っ赤になるカナおねえちゃん。

(でも。もし、ぱぱとカナおねえちゃんが一緒になって、新しい家族ができたとして)

そんな幸せな未来予想図の中に、キーファはいつまで一緒にいられるのだろうか。ちりり、とわずかな不安がキーファの胸を刺す。凜おねえちゃんのプロダクションに移籍したおかげで、その心配は小さくなったけれど、ライフゲージの問題は一生付きまとうのだ。

(ううん、そんなこと考えちゃダメダメ!)

カナおねえちゃんとも再会して、今は幸せいっぱいなのだ。こっそり頭を振って不安を振り払い、カナおねえちゃんに抱きつく腕に力を込める。

「……くちゅん」

「? キーファちゃん、大丈夫? 風邪?」

小さなくしゃみをしたキーファを気遣ってくれるカナおねえちゃん。

「ん、大丈夫! もしかしたらかふんしょーかも!」

「ワーウルフ族でも花粉症になるの!?」

「えへへ、しらなーい♪」

ふかふかのおふとんの中で、柔らかなカナおねえちゃんの身体《からだ》にすりすりする。

「ひゃあああっ、極上の感触!?」

「ふにゅ〜ん、おねえちゃ〜んっ♡」

キーファたちは幸せな気分のまま、穏やかな眠りについたのだった。


――翌日、北陸地方に向かう特急列車の車内

「すっご〜い！　窓の外がびゅーんって！」

列車の窓にかじりついて、歓声を上げるキーファ。名古屋駅で桜下さんと合流し、北陸行きの特急列車に乗り換えると、キーファの興奮は更に大きくなった。

「うみ〜っ♡」

特急列車はトンネルを抜け、海岸沿いの線路に出る。目の前に広がるのはどこまでも青い日本海。

「すごい！　おっきい！　あお〜い！」

「ふふっ」

都内でも内陸部に住む俺たち。キーファが見たことあるのは東京湾最奥にある工業地帯の淀《よど》んだ海くらいで、これだけ広くて青い海を見るのは初めてだ。パパの計画大成功である。

「ほら、お弁当もあるぞ」

「は～いっ♪」

車内販売で買った弁当を、美味しそうにパクつくキーファ。

「ふぅ、いつまでも見ていられますね」

「でしょう!!!」

検索エンジンに『可愛い』と入力すると『もしかして、キーファ?』とＡＩは答えるだろう。愛らしさを振りまくキーファをうっとりと眺める桜下さん。俺も１００％同意である。

「あうう、わたしのお部屋は別だけど、実は建物が離れになっていてお隣同士。も、もしかしたらケントおにいちゃんとキーファちゃんのお部屋に遊びに行ってそのまま一緒にぃぃぃ」

……それはそうと、さっきからカナは何をしているんだ？　桜下さんから貰《もら》った旅館のパンフレットを開いては、虚空を見上げて何かつぶやいている。夕食のメニューに苦手なものでもあるんだろうか？

「カナおねえちゃんっ！」

そんなカナの膝に飛び乗るキーファ。

「わわっ、キーファちゃん!?」

「ふふっ、はなれには、混浴家族風呂があるんだって♪」

「……ぶはっ!?」

キーファが何かを耳打ちしたとたん、盛大に鼻血を吹き出すカナ。

「うわっ、おいおい……大丈夫か？」

そんなに今回の旅行もとい仕事が楽しみだったのか？　カナの年相応な面にほっこりした俺はカナを介抱してやる。

「はぅぅ、ありがとうごじゃいますぅ」

鼻の穴にティッシュを挿し込みながら、情けない声を上げるカナ。

「えへへ、ごめんねカナおねえちゃん」

ぺろりと舌を出すキーファ。この子は何をカナに吹き込んだのだろうか。そうこうしているうちに、列車は目的地に近づいていく。

「……あう、ごめんねぱぱ、キーファちょっとおトイレに行ってくる！」

キーファが席を立ったのは、そんなタイミングだった。

「あと二十分ぐらいで降りる駅に着くぞ。早めに戻って来いよ？」

「は～いっ！」

ぶんぶんと手を振ると、車両の端にあるトイレに走っていくキーファ。はしゃいで弁当やお菓子を食べまくっていたからな。俺はキーファが戻ってきたらすぐに下車できるよう、荷物の整理を始めるのだった。


「……なんかおなか痛いよ？」

洋式トイレの便座に座り、痛むおなかを両手でさすってみる。

「食べすぎかなぁ？」

わーうるふさんはつよつよ胃腸を持つとはいえ、さすがに限度はある。最初はお腹《なか》を壊したのかと思っていたのだけれど。

「んん～？」

いつも通り、お通じは快調である。それなのに、下腹部と背中がじくじくと痛む。

「どうしたんだろ？」

何とはなしに、自分のダンジョンアプリでステータスを開く。

「…………え？」

表示されたステータスを見て、思わず声を上げてしまった。

＝＝＝＝＝＝＝＝＝＝

氏名　：大屋　キーファ

年齢　：8歳

種族　：ワーウルフ

LG　：■■■■■■■□□□　1235日

＝＝＝＝＝＝＝＝＝＝

「あ、あれ？」

見間違いかな？　何度も何度も目をこする。昨日時点でライフゲージの残りは1237日分。ぱぱの言いつけで毎日記録しているので間違いない。

「二日分、減った？」

発作が起きたわけじゃないのに、こんな事初めてである。

「あうっ……」

不安が一気に押し寄せてくる。ライフゲージは一日過ごすと一日分減る。その当たり前のルールが崩れてしまえば、自分の寿命は……。思わず左手首に巻いた水色のブレスレットをさする。不思議な素材でできたこれは、キーファが生まれた時から身に着けていたもの。ぱぱいわく、キーファの守り神さんみたいなものなんだって。しっとりと手になじむブレスレットを触っていると、少しだけ心が落ち着いた。

「ううんっ！　大丈夫大丈夫！　ぱぱがたくさん命を増やしてくれるし、カナおねえちゃんも凜おねえちゃんも手伝ってくれるんだから！」

頭をぶんぶんと振り、不安な気持ちを振り払う。

「こないだの発作のえいきょうが、まだ残っているんだよ！」

そうだ、そうに違いない。そう自分に言い聞かせ、トイレを出てぱぱたちの席に戻る。ぱぱやカナおねえちゃんを心配させないように、なるべく笑顔でいなきゃ！

……だが彼女の尻尾は、不安げに上下に揺れるのだった。

「さあ、目的のダンジョンが見えてきましたよ」

キーファがトイレから戻ってきてすぐ。あと数分で停車駅につくとアナウンスがあった直後、桜下さんが窓の外を指さす。

「うそ？　こ、こんなところに!?」

驚きの声を上げるカナだが、俺も同感である。目の前に広がるのは、日本海に突き出した断崖絶壁。線路がある場所から海面まで200メートルほどの高低差があるように見える。

「Cランクダンジョンは、あの崖の下にあります！」

桜下さんの指さす先、遥《はる》か下方にぽっかりとあいた横穴が見える。

どっぱ～～～んっ！

日本海の荒波が、横穴を直撃した。

「「え、えええええええっ!?」」

とんでもない場所にあるダンジョンに、俺とキーファ、カナの叫びが綺麗にシンクロした。


――――北陸地方某所。海面直上137メートル地点

「よーし、あそこの出っ張りまで降りるぞ～！　ハーネスは締めすぎないようにな！」

「は～いっ！」

一時間後。最寄り駅に到着した俺たちはタクシーで目的のCランクダンジョンの真上まで来ると、

そこから『垂直降下』を行っていた。

「ほっ、ほっ、ほ〜いっ！」

右手でロープを緩めながらテンポよく岩を蹴り、俺のいる場所まで降りてくるキーファ。

「とうちゃ〜く！」

しゅたっ、と着地したキーファの背中を念のため支えてやる。さすがにワーウルフ。身体能力は抜群である。

がらっ
「ふへえええええええっ!?」

右足を置く場所を間違えたらしいカナが、悲鳴と共に落ちてくる。

「おっと」

ぽすん！

彼女が怪我《けが》してしまわないよう、全身のバネを使って優しく受け止める。

「ううううっ……って、痛くない？（ていうかお姫様だっこじゃん!?!?）」

「おう、大丈夫か？　カナにしては珍しいな？」

垂直降下は初めてだと言ってたな……涙目のカナを気遣ってやる。

「いやいや、普通はこんな事しないですからっ！」

「え、そうなん？」

カナはＡＡランクの探索者である。このくらい朝飯前かと思っていたが。

「高ランクの稼ぎ場や、配信で人気のあるダンジョンは基本的に整備されているんですよぉ。こんなとんでもない場所にあるダンジョンに潜るのは、よほどの物好きさんです！」

「な、なるほど……」

探索権を入手できないので各地の野良ダンジョンに潜っていた頃は、ここほどじゃないが僻地にあるダンジョンが多かった。道理であまり人がいなかったはずだ。

「それよりさっきの♡お姫様だっこ♡はなんなんです？　むっちゃ柔らかかったんですが！」

「おう、アレはダンジョンポイントクッションだ！」

「……ふへ？」

ぽかんとした表情を浮かべるカナ。

「ダンジョンポイントのエネルギーを薄く展開して、衝撃を抑えるんだ。モンスターの鋭い攻撃を防ぐのは難しいけど、落下の衝撃は大幅に軽減できるぞ。30階建てのビルから誤って落ちた時とか」

「もっとぷにぷにに解凍するのがコツだよね！」

「想定シチュエーションがハード過ぎる!?　ていうか、ダンジョン外でのスキル使用は、ダンジョンアプリのリミッターが掛かるはずでは？」

「これって『スキル』じゃないし」

「ね〜っ♪」

「やべぇ、この父娘、やべぇ……チート過ぎる」

そうしてじゃれあっているうちに、カナの息も整ってきたようだ。

「よし、ラストは一気に崖下まで降りるぞ！　降下スピードに注意な！」

「うぃっ！」

早速降下を始めるキーファ。

「カナ、安心してほしい。もし落っこちても俺が受け止めるから！」

「それは嬉しいけど怖すぎるううううっ!?」

カナの悲鳴と共に、俺たちは目的のCランクダンジョンにたどり着いたのだった。


――――三十分後、Cランクダンジョン上層部

「このあたりでいいか」

準備を終えた俺たちは、早速ダンジョン探索を開始していた。未探索のダンジョンのため、当然内部は通信圏外である。桜下さんから渡された高感度ダンジョン用通信機を設置し、電源を入れる。

『はい、感度良好です……マナセンサーにも特段の異常は検知されていません』

すぐに桜下さんの応答があり、ダンジョンアプリがオンラインになる。ダンジョンポイントスキルを使うには、ネットが通じていないと厳しいからな。助かるぜ。

「思ったより普通のダンジョンですね」

いささか拍子抜けしたように周囲を見回すカナ。カナの言う通り、玄武岩に似た自然石で構成さ

れるダンジョンの壁と床。所々、おぼろげに光っている部分は魔石の結晶だろうか。ダーク・アビスやドラゴンズ・ヘブンに比べると派手さはない。

「モンスターも弱かったしな！」

ここまで飛びドラゴンが2体、ガーなんとかが3体出たが、いずれも俺とカナのコンビネーションで速攻退治している。

「それはケントおにいちゃん基準です……」

『ですね、通常Cランクダンジョンに出るモンスターではありません』

「そ、そうなんですか？」

スマホの画面の中で苦笑する桜下さん。俺にとってはいつも戦っているなじみ深いモンスターなのだが。

『それにしても、上層部でこれだけ魔石の結晶が存在するとは……モンスターが強い事だけが懸念事項ですが、かなりの実入りが期待できますね！』

桜下さんの声が、珍しく弾んでいる。

「こんくらいのモンスターなら全く問題なしです。ガンガン魔石を回収しましょう！」

どがっ！

魔石が含まれている石柱を、ダンジョンポイントパンチで破壊する。ごろりと転がり出てきた紫色の原石を、持参したズタ袋に詰めていく。こいつは帰りに回収することにしよう。

『本当に助かります！　カナさんへの支払いも弾ませていただきますね』

「あああああ、ありがとうございます！　挙式や婚前旅行、新婚旅行……さらにその先の養育費や老後に備えて……お金はいくらでも必要ですからねっ！」

『は、はぁ』

まだ17歳だというのに、しっかり将来の事を考えている子である。意中の男性でもいるのだろうか。

「!?　驚きの鈍さ!?」

『ぷっ……あはははっ』

カナの反応に何故か腹を抱えて笑い出す桜下さん。にぎやかなダンジョン探索が続いていた。

（あうっ……）

楽しそうに会話を繰り返すぱぱたちの後ろを、静かについていく。

（このダンジョン、なんだろう？）

先ほどから、ぞわぞわと寒気が止まらない。温泉が近いからか、空気中にマナが満ちているのを感じる。普段なら、気持ちよく感じるのだけど、今は……。

（きもちわるい）

足の裏から首筋まで、ねっとりと舐《な》められているような感覚。気を抜けば吐きそうになってしまう。

（凜おねえちゃんは異常なしって言ってたし……）

ダンジョンの状況は、リアルタイムで凜おねえちゃんが監視してくれている。キーファのスマホに送られた情報を確認しても、おかしなところは見つからない。

（それなら、なんで？）

今朝から体調がすぐれないせいで、かびんになっているのかな？

（でも）

こっそりと確認した自分のステータス。また一日分ライフゲージが減っていた。

（大丈夫、大丈夫……だよね？）

このペースで減ったとしても、たいした影響はない。体調が悪いのは、おそらくこのダンジョンのせいだ。また配信をすれば、自分の命を増やせるんだから。

「おっ、また飛びドラゴンが出たぞ！　行くぞカナ、ヤツの翼を狙え！」

「はいっ！」

「おっしゃ！　飛びドラゴンの魔石ゲット！」

惚《ほ》れ惚《ぼ》れするほど見事なコンビ攻撃で、ワイバーンを粉砕するぱぱとカナおねえちゃん。

『支払いどころか、ウチの内部留保が限界突破しそうです』

「マジですか！　それなら今度は海外のダンジョンで配信しましょう！」

『ええ、いいですよ。もちろん費用はウチ持ちで』

「「うおおおおおおっ!?」」

お仕事で困っていたらしい凜おねえちゃんも喜んでいる。カナおねえちゃんの結婚資金貯蓄計画も順調だ（すでに10回分くらい貯《た》まってそうだけど）。ぱぱも生き生きしている。

（だいじょうぶ、だいじょうぶ）

キーファがいま、少しだけ我慢すればみんな幸せになれるのだ。

（それに、何か起きたとしても）

自分には『切り札』がある。

「もうみんな、キーファにも手伝わせてよ～！」

沈みがちな気持ちを切り替え、二人のもとに走っていくのだった。


――――同時刻、緋城グループ本社ビル、特別モニタールーム

「ふむ……」

レニィから送られてくる情報をマルチモニターで確認しながら、興味深げに腕を組むジル。ここは本社ビルの地下五階にある特殊な執務室。厳重な盗聴対策と、電波遮断加工がなされており、この部屋に入ることができるのは、ジルを筆頭にグループの最高幹部に限られる。非合法スレスレの取引や実験を行うときに使われる部屋だ。

「今のところ三人のバイタルに変化なし……しいて言えばイレギュラー《ケント》の娘くらいか？」

メインモニターには、ケント、キーファ、カナの生体マナバランスがサーモグラフィのように表示されている。ほとんどが正常値を表す青色だが、僅かにケントの娘であるキーファのソレは、腹

と心臓辺りに黄色い部分がある。

『自噴するマナの影響はありますが、フィルタを掛けていますので正確な情報と考えていただいて構いません』

「上々だ、レニィ」

優秀な部下の働きに、満足げな吐息を漏らす。先んじて現地に派遣したレニィは、ダンジョンの壁に偽装した測定機器を各所に設置していた。もちろんあの機材も。

「このワーウルフ、第二世代ではなく転生組だったか？」

『はっ？』

突然浴びせかけられた問いに、怪訝《けげん》な反応を示すレニィ。今回の案件のターゲットは、イレギュラーこと大屋ケントと、計画の要たる緋城カナだ。大屋ケントの娘である大屋キーファには、特段注目していなかった。ワーウルフという種族は珍しいが、父親のように異質な能力を持つでもなく、ほとんど意識の外だった。

『少々お待ちを……都に提出された記録では、【八年前の十二月二十四日にポイントB０００６に現出。種族ＤＨ００２７ワーウルフと同定。転生時の推定肉体年齢生後八十五日、身柄引受人、大屋ケント】となっております』

都のデータベースを検索したのだろう。しばらくしてレニィから情報が送られる。

「やはり、転生組か。なるほど」

ダンジョンが出現してから生まれるようになった亜人族には、別次元に存在すると推定される異世界から転生した者と、転生者を親として地球で生まれた第二世代がいる。

「しかも、あのダンジョンブレイクの際に転生したのか」

おそらく、ダンジョンブレイクを生き残った大屋ケントが跡地に転生してきたワーウルフの赤子を拾ったのだろう。マナ災害ともいうべき異常なマナが噴出したあの地で。

「興味深いな……ああ、そういえば」

ダンジョンブレイクの数か月後、興味本位で大屋ケントに接触した際、奴《やつ》はワーウルフの幼体を連れていた。そのワーウルフの個体が成長し、マナセンサーにも反応しないレベルのマナバランスの乱れを感じ取っている。これは更なる掘り出し物かもしれない。高揚感がジルの全身を包む。

「やはり同じ転生組なら、分かるのかもしれんな。これは、試してみる価値があるぞ」

『あの、それはどういう……』

「ああ、独り言だ。気にするな」

無意識のうちに、口に出ていたようだ。サイドテーブルに置いたブラックコーヒーで喉を湿らせる。

「それより、例の機材を使うぞ。準備しておけ」

気分を落ち着けたジルは、レニィに指示を飛ばす。

『……本当に使うのですか？』

ためらいがちなレニィの声が、通信機から聞こえた。彼女にしては珍しい反応だ。

『マナ・スプリングスを誘発する装置など、眉唾にしか聞こえません。それに出どころはあの悪名高い……』

「……オレの指示に逆らうのか？」

怒気を含んだ声が、室内の空気をわずかに震わせる。

「贄《にえ》としての質をもう一段高めるには、今までのやり方では駄目なのだ」

『も、申し訳ありません。出過ぎた物言いを……！』

怯《おび》えた声を出すレニィ。そういえばレニィも厳密には転生組だったか。身ごもったまま転生してきたエルフを親に持つ彼女は、アレの異常さに薄々感づいているのかもしれない。

「お前はオレの言う通りに動け。万一の場合に備えて、回収の準備は怠るなよ」

『はっ！』

レニィとの通信が切れる。

「さて、どうなるかな？」

残ったコーヒーを飲み干し、歪《ゆが》んだ笑みを浮かべるジル。リスクはあるが、リターンは大きいはずだ。それに、リスクのない賭けなど面白くないのだ。

――――同時刻、Cランクダンジョン中層部

クアアアアアアッ！

「逃がさないぜ！」

カナの爆炎魔法から逃れて空中に飛び上がった鷹《たか》ライオン。

だんっ！

「ええっ!?　と、飛んだっ!?」

両足に解凍したダンジョンポイントのエネルギーを込めれば、こういうことも可能になる。

ぐんっ
一気に数十メートルの高さを跳躍し、逃げる鷹ライオンを追い抜く。勢いそのままに、天井を蹴る。

「もらった！」

ドゴォ!!

ダンジョンポイントをたっぷり乗せた右ストレートが鷹ライオンの頭を捉え、一撃で打ち倒す。

「ええ……」

そのままダンジョンポイントクッションを使って落下速度を抑えた俺は、オークの群れを相手にしていたカナの隣に着地する。

「やった～！　ぱぱもカナおねえちゃんもすご～い！」

少しお腹の調子が悪いらしいキーファは、ポンポンと補助魔法のテンションアップでチアモードだ。配信じゃないから、無理にキーファを戦わせる必要もないしな。

「おお、カナも全部モンスターを倒したのか、やっぱすげぇな！」

「いやいや、オークはCランク、グリフォンはB＋ランクですから。能力評価値では1体あたり10

倍以上の差がありますよ？」

「むむぅ、文字通り鷹と獅子《しし》の野球チームぐらい違うってことか？」

「その話題はセンシティブなのでやめましょう！　いやマジでっ！」

……どうやらカナはライオンさんファンのようだ。大人な俺は、話題を変えることにする。

「それにしても、モンスターの数が増えてきたな」

「こほん。ですね！」

『現時点でBランク以上のモンスターが32体、Cランク以下は１００体を超えています……正直言って、異常ですね』

「やっぱりですか」

右の頬に人差し指を当て、思案顔のカナ。

「計測されるマナはCランクダンジョンにしては多いとはいえ、明らかにモンスターの出現頻度が多すぎますね。最深部に何かあるのでしょうか」

『この辺りの地形は数十万年前に噴火した火山の溶岩で形成されたようです。もしかしたら地下に残るマグマが、マナの噴出に影響しているのかもしれません』

「財団がまとめた例の仮説ですね……慎重に進みましょう」

「「はえ～」」

専門的な話題になると、俺とキーファに出番はない。難しい話は二人に任せ、手のひらサイズの計測機器を、岩の陰に設置していく。

『現在、深度六階層。通常のCランクダンジョンならあと少しといった所ですが、いったん休憩してはどうでしょう』

「そうですね……」

探索を始めて既に二時間。キーファもお腹が空《す》いてくる頃合いだろう。幸い、鷹ライオンと戦った場所は広間になっており、モンスターの姿を発見しやすい。

「よし、おやつにしよう！」

「「やった〜！」」

俺はバックパックから、携帯テーブルとクーラーボックスを取り出し、手早くおやつの準備をする。

「わーい！　もぐもぐ♡」

お腹が痛いと言っていたが、カスタードシュークリームは別腹らしい。大きな口を開けてかぶりつくキーファ。

「あまり食べすぎるなよ？」

たくさん歩いた後だとはいえ、今日は温かいお茶の方がいいだろう。俺はサーモカップに注いだ紅茶をダンジョンポイントで温める。

「さりげないチートを見た気がするんですが!?　ていうか、あんなにモンスターを倒したのに、なんでケントおにいちゃんはそんなにケロッとしているんです？」

同じくぺろりとシュークリームを平らげたカナは、少々お疲れ気味だ。

「ん？　天下の緋城グループが桜下プロダクションに依頼してきたダンジョン探索案件だろ？　なんかすっげーダンジョンに潜るのかと思って、ダンジョンポイントをたくさん持ってきたんだ」

ぴっ

俺はダンジョンアプリを操作すると、ポイント口座を表示する。

＝＝＝＝＝＝＝＝＝

ダンジョンポイント残高　　　：14,927

＝＝＝＝＝＝＝＝＝

「ぶふうっ!?　げほげほっ！」

何故かお茶を吹き出すカナ。

「う～ん、エルダードラゴンが10体くらい出てくると思っていたんだけどな」

「そんなの、ガチで世界のピンチですっ！」

「そうなん？」

桜下プロダクションに移籍してから初めてのダンジョン探索案件だ、と気合を入れた俺の準備は少々やりすぎだったようだ。

「それにしても、末端価格3千万円分のダンジョンポイント……」

「末端価格って言うな」

俺がヤバいブツを持っているみたいじゃないか。

「別の意味でヤバいですよぉ……どうやってそんな大金用意したんですか？」

「ああ、協会のショップにケトルがいい値段で売れてな！」

「……ケトル？」

ぽかんとした表情を浮かべるカナ。さすがにダンジョンポイントに3千万円掛けられるような貯金はない。だが、ダーク・アビスに潜る前、協会に買取依頼していた分の振り込みがあったのだ。

「なんか4千万円になった。買取明細にはイフリートのコアって書いてあったけど」

「ぐふぉおっ!?　イフリートのコア？　え、聞き間違いかな？」

更にお茶を吹き出すカナ。

『……何か聞き捨てならない内容が聞こえた気がしたのですが。後で詳しく聞かせてもらえますか？』

「あれ？」

どうやら、何かが二人の琴線に触れたらしい。

「ん～、あのくらいのませきなら他にもあるよね～？　ほら、お風呂場とか、熱帯魚さんの水槽の中とか！」

「おう！　風呂場のヤツはウオータースライダーモードができて楽しいよな！　もう一つは水槽に入れとくとなぜか魚がムキムキになるし！」

「うえええええっ!?」

『ちょっ、ちょっとそのお話、詳しく……！』

大屋家のガラクタ追及大会が始まろうとした時……。

どおおんっ……ドドドドッ

「ん？　なんだ？」

どこか遠くで、小さな爆発音が聞こえた。直後にダンジョン全体を揺らす僅かな震動。

「爆発？　モンスターの仕業でしょうか？」

油断なく得物を抜刀するカナ。次の瞬間。

「あっ…………………わあああああああっ!?　来るっ！」

「キーファ!?」

キーファが突然、悲鳴を上げて座り込んでしまった。何が起きたのか、彼女を介抱しようと後ろを向いた瞬間。


どっぱあああああああああんっ！

最初は、スライムか何かかと思った。
ぶわっ
実体を持ったと錯覚するほど濃厚なマナが、地面から染み出した。それは避ける間もなく俺たちを呑《の》み込んでしまった。

「マ、マナ・スプリングスが発生しました!?」

ケントたちが潜っているCランクダンジョンからは死角となる岩陰。水上走行可能な改造ミニバンの後部座席でケントたちをモニターしていたレニィは、思わず驚きの声を上げる。

『……くくっ、本当にマナ・スプリングスを励起可能とは……連中の技術力も大したものだ……』

濃密なマナの影響か、通信ノイズがひどい。マナ・スプリングスとは、地下からダンジョンを通じて染み出すマナが、間欠泉のように想定以上に噴き出す現象で、ダンジョンからモンスターがあふれだすダンジョンブレイクの前兆として観測される場合もある。

「まさか、この後ダンジョンブレイクが?」

『さて、どうかな?』

どこか楽しむようなジルの声がインカムから聞こえた。イレギュラー《ケント》とカナの関係性を深めるために、命の危険を味わわせる。それだけの為にこれだけの惨事を引き起こすジル。改めて自分の主人の恐ろしさに、レニィは背筋を震わせた。


「ケントさん、キーファちゃん、カナさん！　応答してください！」

ダンジョンから少し離れた観光用駐車場。桜下プロダクションの管制車の中でケントらとやり取りをしていた凜は、突如発生したマナ・スプリングスに動揺していた。

「レベル5のマナ・スプリングス!?　ありえません！」

三十年前、世界中に初めて【ダンジョン】が出現した時に、各地で発生したマナ・スプリングス。

今回測定されたレベル5は、日本に出現したSSランクダンジョン、Tokyo-Zeroが引き起こしたそれに匹敵する。

「しかも属性は【水】が八割に【空】が二割!?」

通常、地中から吹き出すマナは五大属性をまんべんなく含んでおり、ここまで偏ることは異例だ。

過去に例のない異常事態としか思えなかった。

「い、いけません!」

とあることに思い至り、青くなる凛。これほどまでに偏ったマナを浴びれば、体内のマナバランスに多大な影響が出る。特にマナ欠乏症を患っているキーファちゃんは……。

「聞こえますかケントさん! 今すぐ緊急脱出アイテムを使ってください! プロ《ウ》ダクショ《チ》ンのことは気にしなくていいですから!!」

ダンジョン用高感度通信機の出力リミッターを切って叫ぶ。

……ザー……ザー……

だが、その声に答えが返されることは無かった。

―――同時刻、Cランクダンジョン中層部

「ぐ、ぐうっ……いったい何が起きた?」

粘りつくマナの奔流の中を泳ぐように歩き、しゃがみこんでしまったキーファを抱き上げる。

「ぱ、ぱぱ……きもちわるいマナが……」

「待ってろ！」

冷や汗をかいたキーファの顔色は真っ青だ。マナ欠乏症に罹《かか》っているキーファには、定期的に純粋なマナを浴びる、いわゆる『マナ浴』が推奨される。俺がキーファを連れてダンジョンに潜るのはその意味もあるのだが……。

「くそっ、水のマナが濃すぎる！」

何事も、やりすぎは毒になってしまう。

ぱあぁっ
俺はダンジョンポイントのエネルギーを薄い膜のように展開すると、キーファの全身を包んでやる。マナの奔流から少しでも彼女を守るのだ。

「ケントおにいちゃん！　キーファちゃんは大丈夫ですか？」

カナが俺の所までやってきた。得物である日本刀の先には、爆炎系魔法の炎が揺らめいている。

「水の逆属性である、炎系魔法を使っています！　これで過剰なマナをある程度相殺できるかと！」

「助かる！」

さすが魔法剣士のカナである。

「ううっ……」

真っ青だったキーファの頬に赤みが差し、呼吸も落ち着いてきた。

「よしっ！　でも、桜下さんとの通信は繋《つな》がらないか……」

ダンジョン内で使われる高感度通信機は空属性のマナを利用する。過剰に水属性のマナがあふれる現状では、音声通信を行うのは難しかった。

「この状態で緊急脱出アイテムを使うのは危険です！　幸い、マナ・スプリングスは十分程度で収まる事が多いので、このまま待つのがいいと思いますっ！」

「了解だ！」

博識なカナがいてくれて助かるぜ……俺だけだったらパニックになっていたかもしれない。幸い、ダンジョンポイントの残量は十分だ。余裕をもって耐えきれると思っていたのだが……。

ズゴオオオオオッ

「なにっ⁉」

不吉な音が聞こえたと思った瞬間、マナの流れが反転した。

「くくくっ、マナ・スプリングスのフェーズ2……！」

刻々と更新されるモニターの情報に釘付けとなり、恍惚《こうこつ》とした笑みを浮かべるジル。散々に乱れ、重なり合う三人のマナバランス。おそらくこのフェーズ2で、三人は重大な危機に陥るだろう。

「まだだ、まだもう少し……」

レニィに緊急脱出アイテム使用の指示は出さない。贅たちよ、ギリギリまで高めあってもらうぞ。

すべてのチップをベットした、勝率三割のルーレット。破滅と歓喜の刃物の上を渡る、分の悪いギャンブルに似た高揚感を、ジルは堪能するのだった。


「きゃあああああああっ!?」

悲鳴を上げて座り込むカナ。

「ぐううううううっ!?」

先ほどまでの小康状態から一転して、脂汗をかいて苦悶《くもん》のうめき声をあげるキーファ。

「キーファ！　カナ！」

二人を助けなくてはと焦るが、俺も満足に身体が動かせない。

ズゴゴゴゴゴッ！

「な、なんだ？　マナが、吸い取られている!?」

あれだけ大量に満ちていた水属性のマナが、ザルにぶちまけた水のように地面に吸い込まれていく。

バキバキバキッ
気温も下がっているのか、凍り始めるダンジョンの壁。

（こ、これはまさか!?）

似たような現象に、俺は心当たりがあった。今から八年前。当時住んでいた街を両親ごと呑み込んだ、悪夢のダンジョンブレイク。あの時の俺は探索者適性が発現していなかったから、マナの奔流は感じ取れなかったが。

(急に気温が下がり、雪が降ったんだ)

十二月とはいえ、快晴の暖かい一日だった。だが、何の前触れもなく吹雪が街を覆い、その直後にダンジョンブレイクが発生したのだ。まさか、この後……起きるのか？　その可能性に思い当たった時、事態は更なる急展開を見せる。

「ケントおにいちゃん！　ダンジョンポイントが！」

「な、なんだって！」

カナの悲鳴に慌ててダンジョンアプリを開く。

＝＝＝＝＝＝＝＝＝＝＝

ダンジョンポイント残高　　　：11,273

＝＝＝＝＝＝＝＝＝＝＝

「ウ、ウソだろ?」

物凄《ものすご》い勢いでダンジョンポイント残高が減っていく。

「わたしのポイントはもうゼロになっちゃいました！」

くそっ！　マナだけじゃなく、ダンジョンポイントまで吸い取られているというのか？

「ぐっ、もしかして！」

恐ろしい可能性が脳裏をよぎる。俺は慌ててキーファのステータスを確認する。

＝＝＝＝＝＝＝＝＝

氏名　：大屋　キーファ
年齢　：8歳
種族　：ワーウルフ
LG　：■■■■■■□□□□　1078日

＝＝＝＝＝＝＝＝＝

「く、くそっ！」

悪い予感ほどよく当たる。このマナ吸い込み現象は、キーファのライフゲージすら吸い取っていた。

「カナ、少しぐらい危険でもいい！　今すぐ緊急脱出アイテムを……！」

このままではキーファの寿命が尽きてしまう！　焦った俺は脱出アイテムの使用を指示しようとして……。


ズッパアアアアアアアアンッ!!


事態は三度目の急展開を見せる。

マナの吸い込みが突然止まったかと思うと、膨大な水属性のマナが、またもや噴水のように吹き上がってきたのだ。

「きゃあああああああっ!?」

「ぐあああああっ!?」

濡《ぬ》らしたバスタオルで思いっきり顔をはたかれたような衝撃に、俺の意識は一瞬で刈り取られた。


(……う)

キーファは、どうなったのかな?　洪水のような水属性マナの奔流に吞まれ、意識が薄れる。遠くからぱぱの声が聞こえて、じんわりとした温かさが全身を包んだ。それから……あまり思い出せないや。頭の中がふわふわふわとしていて考えがまとまらない。

ふわり
覚醒未満の無重力感。まぶたの裏に、見たことのない光景が浮かんだ。

(オオカミさん?)

地球とは異なる、紫色の空に浮かぶ二つの月。緑の草原を駆ける、つがいの狼《おおかみ》。白と黒の毛を持つ二頭の狼は光と共に人の姿を取って……。

「……はっ!?」

一気に意識がクリアになった。

「こ、ここは……?」

さほど時間は経《た》っていないはずなのに、周囲の風景は一変していた。

ミシッ、ミシシッ

地面から、天井から、巨大な氷柱《つらら》が成長していく。気温はおうちの冷凍庫の中より冷たい。

ゴゴゴゴッ
先ほどより遥かに濃い水属性マナの噴出が続いていて、周囲が青く見えるほどだ。

「ぱぱ!?　カナおねえちゃん!?」

そこでようやく、自分がぱぱに抱きしめられていることに気付いた。

「だいじょうぶ!?　目を開けてぱぱっ！　カナおねえちゃんも！」

必死に呼びかけるが、二人からの答えはない。顔色は真っ青で、ぱぱの胸から感じる鼓動も弱くなっていく。

「い、いけないっ！」

治次郎おじいちゃんが言っていた体内のマナバランス。キーファのような亜人族に比べ、この世界の人間は過剰なマナに対する耐性が低いそうだ。

「な、何とかしなきゃ！」

ぱぱの腕の中から這《は》い出し、その場に立ち上がる。

「……あれっ」

あれだけ感じていた気持ち悪さが消え失《う》せている。キーファはマナ欠乏症を患っているのに。現に、最初にマナの奔流に呑まれた時、意識を失いそうになった。なんで平気なのかな。

ちくり
「えっ？」

違和感は続く。口の中に何かが突き刺さった。

「き、牙が？」

ワーウルフ族の特徴である、発達した犬歯。それが大きく伸びていた。

「そ、それだけじゃなくっ」

ぶわわっ
銀色の狼耳から生える毛はどんどん長く。それどころか、手足から銀色の毛が生えてきていた。

「キーファ、オオカミさんに変身してる？」

キーファらワーウルフ族が持つ『切り札』……狼形態への変身である。個体差はあるが、能力が10倍以上になる、まさに奥の手だ。

「でも、なんで？」

自分は狼に変身しようとはしていない。そもそもキーファはまだこども。変身しようとすると身体に大きな負荷がかかっちゃう。ライフゲージもたくさん減ってしまうので、絶対の変身禁止をぱぱから言いつけられているのだけれど……。

ぱあああっ
「!!」

その時、キーファの全身がまばゆく光り始めた。

（これは……いのちの光！）

治次郎おじいちゃんが作ってくれたアミュレットを使い、キーファのライフゲージをチャージする時に発する光と同じだ。

きらきらきら
その光は床に倒れこんだぱぱとカナおねえちゃんを包んでいき……。

「……うっ」

「……あう」

「あっ!!」

気絶していた二人がうめき声をあげ、わずかに血色がよくなっていく。

「そうか！」

狼さんとしての力を使えば、キーファが狼に変身すれば、二人を守ることができる！

（いのちは減っちゃうけど……二人を助けるには、これしかないっ！）

どんどん減っていくライフゲージからは目を背け、全身に力を漲《みなぎ》らせる。

（ああそうだ、あの時も）

5歳の時にキーファを襲った大ピンチ。それを何とか乗り越えて、ごほうびで連れてきてもらった近所のお祭り。ぱぱの背中から見た花火と、にぎやかな祭囃子《まつりばやし》。

（楽しかったなぁ）

「キ、キーファ……やめろっ！」

意識を取り戻したのか、こちらに手を伸ばすぱぱ。

「えへっ」

大丈夫。ぱぱとカナおねえちゃんの未来は、キーファの力で守ってみせる。

「が～～～っ！」

大きく口を開けると、犬歯だけではなく前歯も鋭く変化していく。狼さんに変わっていく自分の身体。

（そういえば、小学校に入って最初の授業参観）

全ての瞬間を記録するってカメラ20台をレンタルしてきたぱぱが先生に叱られてたっけ。クラスの伝説となった楽しい思い出。

（それに、初めての配信で）

キーファの可愛さを10人にも満たない視聴者さんに熱く語ってくれたぱぱ。

「ぱぱが配信をしてくれたから、キーファの姿はずっとせかいに残るよ」

たとえ今日、いのちが尽きてしまったとしても。

「キ、キーファちゃん？」

カナおねえちゃんも意識を取り戻したみたいだ。マナの噴出が、何分続くかは分からないけど、絶対に支え切ってみせる！

「カナおねえちゃん、ぱぱを幸せにしてね。そしてぱぱ……ほんとうにありがとう！　キーファ、幸せだったよ！」

これだけは、言っておかなければ。人間の言葉にできるのは、ここまでなのだから。

「キーファ、待てえええええっ！」

未練を断ち切るように、遠吠《とおぼ》えを上げる。ちらりと見えたライフゲージの残りは、半分を切ろうとしていた。

ウオオオオオオオオオオオオオオオンッ

「くそっ！　どうすれば！」

意識を取り戻してすぐ、目に入ったキーファの姿。犬歯が鋭く伸び、ふわふわの尻尾が大きく膨らんでいる。何をしているのかは、すぐに分かった。ワーウルフ族の特徴である、狼への変身。おそらく、大幅に向上する能力を使って、俺たちを守ろうとしてくれているのだろう。それに、いま俺とカナの全身を包んでいるのはライフゲージの根源たる命の力。

「キ、キーファ……やめろっ！」

何とかキーファを止めようと手を伸ばしたが、意識が戻っただけでまともに身体は動いてくれない。キーファの命を使ったシールドがないと、またすぐに気絶してしまうだろう。

「キーファ、待てええええっ！」

必死に止めようとする俺を振り切って、キーファは狼への変身を始めてしまった。

「あと、６００日分だって!?」

恐ろしいスピードで減少していくキーファのライフゲージ。マナ・スプリングスが収まるまで、キーファの命が持つ保証はどこにもない。

「ケントおにいちゃん！　一瞬だけでもこのマナの奔流を止められれば、緊急脱出アイテムが使えますっ！」

意識を取り戻したカナが、俺のところに這い寄ってくる。

「あ、ああ……でもどうしたら！」

水属性のマナは、まるで逆さまになった滝のように地面から噴き出してくる。ダンジョンポイントパンチでぶん殴ったって、止まりそうにない。

どうしたらいい、どうしたらいい！　考えろ大屋ケント！　そう自分を叱咤《しった》するものの、まるで打開策が思い浮かばない。俺はあの時みたいに、また家族を喪《うしな》うのか……絶望的な予感が心の奥で鎌首をもたげる。

「ケントおにいちゃんは諦めない!!」

「!!!!」

カナの声にハッとした。

「だって、わたしのヒーローだから！　大屋ケントだから!!」

カナの赤い両目が俺を見据える。

『俺の息子なら、最後まであきらめるな！』

『せっかく可愛い孫娘ができたのに、まだ来ちゃ駄目よぉ。気張んなさい！』

俺を叱咤する両親の声が確かに聞こえた。そうだ、俺はあの日、キーファを一生護《まも》るって誓ったじゃないか。立派だった両親の息子として恥じないように。ここで諦めるようなら、俺は大屋ケントを名乗れない！

「うおおおおおおおっ!!」

全ての力を振り絞り、咆哮と共に立ち上がる。

「ケ、ケントおにいちゃん!?」

「カナ、俺がぶっ倒れそうになったら支えてくれ！」

今の俺は一人じゃない。俺とキーファを慕ってくれるカナもいる。

「う、うんっ！　任せて!!」

力強いカナの声が、俺を後押ししてくれる。

（俺に残されているのは……９０００ポイントほどのダンジョンポイント）

要は、マナの奔流を止めればいいのだ。小細工できるほど器用じゃない。俺は自分の一番得意なワザに、すべてを懸けることにした。

「行けえええええええっ！」

残ったダンジョンポイントの半分を一気にエネルギーに変える。

ぶわわわわっ！

莫大《ばくだい》なエネルギーは光となり、マナの奔流を押し戻す。つまり、今キーファがやってくれていることと同じだ。とにかく、圧倒的なパワーでねじ伏せる。

ぶしっ！

だが、さすがに人間の身体で狼に変身したワーウルフと同じことをするのは厳しい。手足やこめかみから血が噴き出る。

「ぐうっ」

「ケントおにいちゃん!?　メガヒール！」

すかさず、カナの回復魔法が傷を癒してくれる。

「サンキュー！」

俺は両手に力を籠《こ》め直すと、ダンジョンの地面を見据える。全力パンチを放てるのはおそらく一度きり。どこにぶっ放すか、慎重に見極める必要がある。

（どこだ……どこだ！）

荒れ狂うマナの源流を探す。俺の背中は、キーファとカナが支えてくれている。両目を閉じ、神経を集中させた。

ぞわり
遥か下方、僅かにマナの揺らぎを感じた。

「!!　そこかっ！」

マナ・スプリングスを引き起こす元凶がそこにある。そう確信した俺は、両手を組み頭上に掲げる。

「うおおおおおおっ！」

出し惜しみは無しだ。目を見開き、残った全てのダンジョンポイントを拳に込める。

キイイイイイインッ！

膨大なエネルギーが、両手の拳に収束していく。気を抜いたら、全身が燃え上がってしまいそうだ。

「いっけえええええええええっ!!」

裂帛《れっぱく》の気合と共に、両手を地面に叩《たた》きつけた。

ズドンッ!!

拳を叩きつけた場所から、斜めに直径1メートルくらいの大穴が開く。

ズドオオンッ!!

ドドドドドドッ！

解放されたダンジョンポイントのエネルギーがスパークし、遥か下方に向けて掘り進んでいく。

「もう一つっ！」

俺は防御に回していたダンジョンポイントのエネルギーを拳の先に収束させると、一気に解き放つ。

ヴィイイイインッ！

ズッドオオオオオオンンッ！

稲妻のように打ち出されたエネルギーは大爆発を起こし、ダンジョン全体を激しく揺らした。


ドドドドドドドッ……


「うわ、わわわわっ………って、止まった？」

大爆発の轟音《ごうおん》がひとしきりあたりを揺らした後。

一瞬の静寂がダンジョン内に訪れた。

『えっ？』

九割ほど狼への変身を完了したキーファが、どこかぽかんとした表情を浮かべている。

「や、やったか？」

いつの間にか、あれだけ荒れ狂っていた水属性マナの奔流が消えている。

助かったのか？　そう思った瞬間。

どっぱあああああああああんっ

「!?!?!?」

地面に開いた大穴から、瑞々《みずみず》しいマナの奔流が吹き上がってきた。

「くっ!?」

もしかして失敗か!?　一瞬、最悪の予感が脳裏によぎる。

「……って、あれ？」

だが、恐れていた衝撃は来なかった。

「うわっ、暖かいですっ！」

カナの歓声に合わせるように、俺の開けた穴からこんこんと湧き上がってくる沢山のマナ。水属性だけではなく、火、風、地、空。五大属性をバランスよく含んだマナの泉は、やさしく俺たちの全身を包んでいく。

ぱあああああっ
光に包まれて、少しだけ残っていたダンジョンクオーツの残高が回復していく。各属性のバランスは正常で、どうやら人間の体に悪影響を与えるようなマナの奔流は収まったみたいだ。

「……って、キーファ！」

そういえば、狼に変身したキーファはどうなったんだ？　慌てて顔を上げると、白銀の毛を持った巨大な狼が、『えっと……』とでも言いたげな表情でこちらを見下ろしている。

しゅるるるるっ

光と共に、狼がヒトの形に戻っていく。すらりとした手足。ふわふわの銀髪。ふっくらとしたほっぺ。キラキラとした蒼《あお》い目。ああ良かった、いつものキーファだ。

安心した俺は、バックパックから大きなタオルを取り出すと、人間形態に戻ったキーファを抱き上げる。着ていた服は変身の時に破れてしまった。ただ、左手首に巻いた水色のブレスレットだけはそのままだ。キーファを拾った時から身に着けているアクセサリ。本当にコイツがギリギリのところでキーファを守ってくれたのかもな。

「……ぱぱ、言いつけ破ってごめんなさい」

俺の腕の中で、耳をへにゃりと下げて上目遣い。キーファが小さい時を思い出す。

「いや、いい……俺とカナを助けようとしてくれたんだもんな」

「でも」

キーファを抱く両腕に力を込める。

「俺の前からいなくなるのは駄目だ……ずっと、ずっと俺の娘でいてくれ」

「ぱ、ぱぱ～！　うわーん！」

大きな目にいっぱいの涙をため、抱き付いてくるキーファ。

「良かった、無事でよかった……！」

俺はキーファを抱きしめ、涙を流し続けるのだった。

「な、なるほど……そんなことが」

「本当に良かったですよぉ～、みんな無事で！」

三十分後、ようやく落ち着いた俺たちは、急いで駆けつけてきた桜下さんとダンジョン中層部で再会していた。モンスターと戦いながらとはいえ、俺たち三人でもここまで二時間かかったんですが……もしかして、桜下さんってチート探索者だな？

「えへへっ」

カナから借りたぶかぶかの制服を身に着け、先ほどからずっと俺に抱き付いたままのキーファ。もちろん、俺も離す気はない。

「キーファのライフゲージもある程度回復したし」

最後に湧き出してきたマナの泉は、ライフゲージを回復する効果があったらしく、俺とカナの体内でダンジョンクオーツとして結晶化した分と合わせて100日分程度、ライフゲージをチャージできていた。

「戻ったら、配信だな！」

「うんっ♡」

むしろ今日、旅館でぱくぱくキーファを配信するか。あとで桜下さんに頼んでみよう。

「それにしても、これほどの結晶が……」

「本当に、凄いですね」

そんな俺とキーファの隣で、啞然《あぜん》とした表情で周囲を見渡すカナと桜下さん。既にマナの湧き出しは止まっており、色とりどりのマナの結晶……魔石の原石がダンジョンのあちこちから飛び出している。俺が開けた大穴も、結晶で完全に埋まっていた。

「これって、ダンジョンクオーツとしては使えませんよね」

念のため聞いてみる。

「そうですね、完全に魔石として結晶化していますので」

「ちぇ～っ」

マナがダンジョンクオーツになるには、人間の体内に発現したエーテルゲートを通ることが必要だ。ゲートを通らず結晶化した魔石は、そのまま使うかダンジョンポイントに精製するしかない。

「それじゃ、この魔石は桜下プロダクションに寄付しますよ！」

「ぶうっ、ごほごほっ!?」

俺の提案に、むせる桜下さん。

「いや、正気ですか？　ここから見えているだけで推定数十億円の価値がある魔石群ですよ？」

「ん～」

正直、キーファのライフゲージに使えない魔石に興味はないんだよな。換金してダンジョンポイントを買い、ステータスを強化してもいいんだけど。

「マナキャパシティの関係で、無限に強くなれるわけじゃないですし」

大量の資金を使ってダンジョンポイントを手に入れ、世界最強のステータスになる……誰もが考えそうな事だが、そうは問屋が卸してくれない。探索者適性の発現時に、各ステータスの上限が決められる。その上限はダンジョンで経験を積めば積むほど増えていく……という仕組みだが、俺のキャパシティはＨＰと物理攻撃力と防御力に特化していて、いくらダンジョンに潜っても魔力の上限値は上がらないのだ。誰がどう決めているのかは知らないが、クレームを入れたい。俺も魔法を使ってみたいんだが！

「そ、それでは……ケントさんとキーファちゃんは手数料が永久無料という事で。あと、養成校の学費と諸々《もろもろ》の経費も全額免除させていただきます」

「マジですか！　やった！」

「やほ〜い！」

そっちの方がよっぽど嬉しい。キーファと手をつなぎ、小躍りする。

「おっと」

気が付けば、そろそろいい時間になってきた。

「よいしょっと」

俺はキーファを肩車すると、桜下さんに向き直る。

「ひとまず……今日の深度調査は完了という事でいいですかね？」

時刻はもうすぐ夕方だ。いろんな事があったし、できれば温泉でゆっくりしたい。

「そ、そうですね……」

ちらりと俺の開けた大穴を見る桜下さん。

「物理的にこれ以上潜る事はできませんし、あとはウチの調査チームに任せましょう」

「よっし！」

桜下さんのオッケーが出た。

「それじゃあ、カナ……宿に行くか！」

「ごーごー、おんせん♪」

キーファと一緒に、びしりとダンジョンの天井を指さす。

「ははははは、はいっ（魅惑の……混浴家族風呂っ）！」

「ふふふっ、北陸のお魚とお酒……期待しちゃいますね！」

なぜか頬を赤らめたカナの手を引き、俺たちは桜下さんと地上に戻るのだった。


――――同日夕刻、緋城グループ本社ビル、特別モニタールーム

「ふ、ふふふふふっ」

大きく息を吐いたジルは、額ににじんだ汗をぬぐうと、豪奢《ごうしゃ》な椅子の背に巨体を預ける。とある組織から購入した機材で人為的にマナ・スプリングスを発生させた。マナを吹き出すだけではなく、マナやダンジョンポイントを吸い込むフェーズ2。ここまでは予定通りだった。ダンジョンポイントを失った大屋ケントや義娘《カナ》は焦り、その後に予想されるモンスターの襲撃に生命の危機を感じるだろう。過剰に体内のマナを失えば、身体的ダメージもある。適度に恐怖を味わわせた後、レニィに回収を命じるつもりだった。

「あれほどの揺り戻しが発生するとは……」

突如発生した、膨大な水属性マナの噴出。測定機器との通信が切れる直前、送られてきたマナ・スプリングスが吐き出すマナの量は、人間の致死量を遥かに超えていた。この状態では緊急脱出アイテムを発動させることはできず、ジルは賭けに負けたと思ったほどだ。

「よもや、まったくの無傷だとは」

三十分後、復旧した計測機器が伝えてきたのは、健康的な三人のバイタルと、楽しげに談笑する音声だった。

「いったい、何が起きた？」

状況から、大屋ケントが何かしでかしたのは間違いない。

「だが……」

レニィに設置させた例の機材ごと、地下数千メートルまで貫いた大穴。およそ人間業とは思えなかった。

「この大屋ケントというイレギュラー……もしかしてオレの予想の遥か上を行くのか？」

ならば、緋城グループで獲得することを考えても良いかもしれない。そう考えていたジルだが。

ピピッ

連中が引き上げた後、件のダンジョンを調査していたレニィから通信が入る。

『……遅くなりました。詳細な調査報告は先ほどメールしています』

「ご苦労」

『ただ……』

レニィの端整な顔が、困惑に歪む。

『大屋ケントが開けた大穴に、膨大な量の魔石が結晶化していることを確認しました』

「……なに？」

それはおかしい。もともと測定されていたCランクダンジョンのポテンシャルでは、そのような現象が起こるはずがない。

『簡易マナセンサーによる推定値ですが、予想される埋蔵量は数十トン。資産価値は1千億円を超えます。しかも、常に地下からマナが供給されている可能性も……』

「な、なんだと!?」

それではまるで、マナ鉱山のようではないか！　思わず椅子から立ち上がるジル。マナが豊富な日本でも3か所……世界を見渡しても十数か所しか見つかっていない、超貴重なダンジョンである。

「馬鹿な！　そんな物がたかがCランクダンジョンに!?」

世界最大級のダンジョン複合企業体《コングロマリット》である緋城グループですら、2か所しか保有していないのだ。

『いかがしますか？　契約違反にはなりますが、連中の債務を肩代わりして取り戻すか、裏から手を回して強制的に接収することも……』

「ヤツ相手に、そんな恥ずかしい事ができるか！」

レニィの進言を、一言で却下する。配信部門では拮抗《きっこう》しているが、しょせんは小娘が立ち上げた中小企業である。ジルのプライドにかけて、そんな事はできなかった。

「そんなものより、大屋ケントが贅として最上級であることが分かっただけで大きな収穫だ。資金に糸目は付けぬから、すぐに奴の獲得に動け！」

口調は冷静だが、金色の両目は充血し、こめかみには青筋が浮かんでいる。自分の策が裏目に出たことを、後悔しているのは明白だ。

『は、はいっ！』

これ以上ジルを刺激してはまずい。そう判断したレニィはジルの命令に頷く。

「週明けまでに結果を報告しろ。いいな！」

叩きつけるように通信を切る。

だが、獲得したCランクダンジョンを担保に大屋ケントの移籍金は1千億円以上に設定されており……それ以前にオファーから一分後には大屋ケントから直接断りの返事が届く。大きな魚を逃したジルは、執務室の備品に当たり散らすのだった。

エピローグ　湯けむりの向こうから迫る影

――同日夕刻、北陸地方のとある温泉地

「すっご～い！　湯気がいっぱい出ているよ！」

「どうやら外湯巡りもできるみたいだな」

「ゆかた！」

Cランクダンジョンから戻ってきた俺たちは、旅館にチェックインした後、夕闇迫る温泉街を歩いていた。

「おっ、屋台も出ているな……何か食うか？」

青葉も萌《も》ゆる初夏の三連休である。観光客目当てに沢山の屋台が、温泉街の広場に軒を連ねていた。

「うんっ♪」

「わたしも欲しいですっ！」

「晩飯もあるんだから、食べすぎんなよ？」

「「は～いっ！」」

腹ペコ少女たちのために、屋台の列に並ぶ。お目当ては……りんご飴《あめ》。初めてキーファを祭りに連れて行ったときに二人で食べた、思い出の味だ。

「ふふっ、本当にケントさんは不思議な方ですね……」

ケントがりんご飴の列に並んでいる間、温泉広場のベンチに座って待つ。温泉街を吹き抜ける初夏の夕風は爽やかで、僅かな硫黄臭が鼻の奥をくすぐる。

「え、どんなところがですか？」

キーファを膝に抱き、もふもふを堪能していたカナが、不思議そうに問う。

整えたあごひげに鍛えぬかれた胸板。ワイルドでカッコいい外見なのに、ちょっと可愛《かわい》い子供っぽさがあるところだろうか？　それとも、ぶっきらぼうに見えて、凄《すご》く凄く優しいところだろうか？

「お料理の腕がプロきゅう！」

「そう、それも!!」

も、もしかしたら……凜《リン》さんも、ライバル!?　た、確かに凜さんの方がケントおにいちゃんと年齢が近いし、桜下《サクラシタ》プロダクションを経営する社長さんである。カリスマ配信者とはいえ、ふつーの女子高校生である自分とは比べるべくもない。

「あ、私は超年上好みですので。ご心配なく」

「そ、そうですか」

ぴしゃりと否定されてしまった。凜さんって確か二十代後半のはず……凜さんから見て超年上とは、いったい？

「ケントさんの祖父上、凱人《ガイト》さんとおっしゃるのですが、とっても渋くて素敵で……こほん、それはともかく」

えっ、ケントおにいちゃんって27歳だよね？　そのお祖父《じい》さんって言ったら……ええええええっ!?

とんでもないカミングアウトに驚愕《きょうがく》するカナを気にすることもなく、言葉を続ける凛さん。

「本日探索していただいたダンジョンが生み出す価値は、おそらく数千億円になると思います」

「ぶ、ぶはっ!?」

思わず咳《せ》き込む。とんでもない金額である。

「ケントさんにも三割の権利があるはずなのに、それを全部ウチに渡すなんて……しかも」

先ほど、改めて彼の意思を確認した凛に返された言葉。

『それなら、これからの若い子の為《ため》に使ってあげてください！　桜下さんの学園に入りたくても経済的に入れない子もいるでしょう？』

「ふわぁ……」

「さっすがぱぱだね！」

凛さんが伝えてくれたケントおにいちゃんの言葉を聞いて、目を輝かせるキーファちゃん。

「自身が探索者養成校に通えなかったこと、気にされてましたもんね。さすがガイトさんのお孫さんです！　この桜下凛、ケントさんに受けた御恩を探索者業界に還元していくつもりです！　もちろんケントさんとキーファちゃんの専属も続けますので、これからもよろしくお願いしますね」

「うんっ！　凜おねえちゃんもだいすきっ！」

ぴょこんっとカナの膝から降り、凜さんに抱きつくキーファちゃん。

「な、なんと素晴らしい感触でしょう！」

両目を見開いて、キーファちゃんのもふもふを堪能する凜さん。

「カナさんも。これからもよろしくお願いしますね？」

「もちろんですっ！」

ああ、冷たいレニィの下じゃなくて、桜下プロダクションに移籍できたらいいのに。思わずそんなありえないことを考えてしまう。

「ふぅ、思ったより並んだな……お～い、りんご飴買ってきたぞ！　そろそろ宿に戻ろうか！」

その時、両手に沢山のりんご飴を持ったケントおにいちゃんが、こちらに向けて駆けてくる。

「ばんごはん！　おさかな！」

真っ先に飛びつくキーファちゃん。

「ふふふふ……ブリのお刺身に、のどぐろの塩焼きもあるぞ？」

「こうきゅうひん！」

「日本酒も楽しみですね！」

「……飲み過ぎないでくださいよ？」

歩き始めたケントおにいちゃんたちに付いていく。皆の会話を聞いているだけで、くぅとお腹《なか》が鳴ってしまう。

（ご、ご飯も楽しみだけどっ）

カナが気になる事は別にある。

（離れに併設された……家族風呂っ！）

ケントおにいちゃんは、キーファちゃんと一緒に入るだろう。それならば、将来の家族であり、キーファちゃんのママ候補のわたしも一緒に入っていいはずだ。

（うおおおおおおおっ！）

ケントおにいちゃんから手渡された真っ赤なりんご飴のお陰で、鼻血を出しても気づかれない。

謎理論を展開しながら過去一限界化しているカナは、足取りも軽やかに旅館へと向かう。

美味《おい》しい料理にみんなで舌つづみを打った後。

「よし、そろそろ」

（きたっ！）

待ちに待った瞬間が訪れた。

「寝る前に風呂に入るか。なんかここ、貸し切り家族風呂があるらしいし……」

（うおおおおおおおっ!?）

浴衣に着替え、ドキドキしながら向かった家族風呂には……。

『一部の源泉に異常が発生したため、家族風呂を閉鎖しています。大変ご迷惑をおかけしますが、本館の大浴場もしくは、外湯巡りをご利用ください』

「な、なんでえええええええええっ!?」

本日源泉近くで発生した、マナ・スプリングスの影響らしかった。Ａ３用紙に印刷された無情な張り紙を前に、がっくりと膝をつくカナ。

「……やっぱりカナおねえちゃんのリアクション、おもしろい」

「どうしたんだカナ？　本館の大浴場に行こうぜ？」

緋城《ヒジョウ》カナ17歳。彼女の悲願がかなうのは、いつになるだろうか？

――――同日夜、とある海岸

どっぱ～～ん！

渦巻く波頭が、磯《いそ》に当たって盛大にしぶきを上げる。午後七時過ぎから吹き出した海風は、ちょっとした嵐になっていた。こんな時刻、荒れた海岸に近づく者など誰もいない。

「ふん、好都合ねぇ……嵐に紛れて上陸するぞ」

海岸線から沖に十数キロ。

一隻の漁船が集魚灯をともし、停泊していた。

……いや、よく見ればその船は漁船などではない。本来魚網が搭載されているはずの船体後部にそれはなく、代わりに一艘《そう》のモーターボートが搭載されている。乗組員はすべて真っ黒なフードを被《かぶ》っており、物々しい雰囲気が船上に漂う。

「潜入するのは我と『神子《みこ》』だ！　回収班の手配及び潜入場所の確保は終わっているな？」

リーダーらしき黒フードが周囲に指示を飛ばす。その声は意外に高く、女性かもしれない。

「おい、急げ！」

乗組員に追い立てられるようにして、小さな影が船室から飛び出してくる。他の連中と同じく黒フード姿だが、その身長は頭二つ分ほど小さい。

「…………」

音もなく甲板を駆けると大きくジャンプ。リーダーの黒フードの隣に着地する。

「降ろせ！」

リーダーの指示と同時に、油圧式ウインチがうなりを上げ、モーターボートを真っ黒な海面に降ろしていく。

どすん！

荒れ狂う海面に着水し、大きく揺れるモーターボート。

「我はこのままポイントアルファの海岸に上陸する。上陸予定時刻は三十分後……回収班を回すように。くれぐれも地元警察に気付かれるなよ？」

トランシーバーで部下に指示を飛ばすと、ボートのエンジンを全開にする。弾《けじ》かれるように加速したボートは、すぐに闇の中に溶ける。

ぱちんっ
ボートを降ろした偽装漁船は、集魚灯を消すとどこかに姿を消してしまった。

「ふっ、この国に来るのは八年ぶりね」

高速で海上を疾走するボートの風に当てられながら、黒フードの女は独りごちる。

「欧州では始祖の追跡が執拗《しつよう》で、動きにくいったらない。マナは豊富だけれど平和ボケしているこの国で、しばらく潜伏させてもらう」

ばささっ
荒れ狂う嵐が、女のフードを吹き飛ばしそうになる。

押さえたフードの隙間から、尖《とが》った青黒い耳がちらりと覗《のぞ》いた。

「しかし、あれほどのマナ・スプリングスが発生するとは」

日本に拠点を置く総合ダンジョン企業である緋城グループ。マフィア時代の伝手《つて》を使って、失敗作であるマナ操作機器をグループのCEOに横流ししたのだが。

「あの男、意外に使えるか……」

向こうで改良でもしたのか、想定以上の効果を発揮してくれた。

「籠絡するのも悪くない」

彼女が首領を務めるのは、反ダンジョン主義を掲げる国際テロ組織。ダンジョンから利益を得るダンジョン関連企業は天敵ともいえる存在だが……。

「悲願の成就には、カネも必要になる」

ダメージを受けた組織の立て直しが最優先である。その為には、「敵」を利用することも厭《いと》わない。女は反ダンジョン主義ではあるが現実的な感覚を持っていた。緋城ジルは元探索者で、権力欲と支配欲に満ちた金に汚い男だと聞いている。

「ふふ、落ち着いたら仕掛けてみましょうかねぇ」

一番操りやすいタイプである。女は獰猛《どうもう》な笑みを浮かべると、モーターボートを海岸に向けて加速させる。

「そういえばお前はこの国に来るのは初めてか。どう、生まれ故郷は？」

女の傍らにじっと立つ、小さな影に声をかける。

「…………」

五秒待っても、十秒待っても、何の反応も示さない。

それどころか、ピクリとも動かない。

「ふん、まるで人形……いや、人形の方がまだ愛嬌《あいきょう》があるわね」

ぶわっ

強風が吹き、小さな影のフードがめくれる。

ふぁさっ

おぼろげな月明かりに照らされたのは、漆黒の髪。ふわりと広がったそれの先端は、一部だけが銀色になっている。何よりも目を引くのは、ふわふわの毛に覆われた狼耳《おおかみみみ》。髪と同じ黒い毛を持った尻尾。

「…………」

澄んだ碧眼《へきがん》が、虚空を見つめる。年齢は7、8歳だろうか。人形のような愛らしさとぞっとするような無機質さを併せ持つ少女。

「回収班が到着するまで、マナ・スプリングスの発動跡を調査する。いいわね？」

どうせ返事はあるまい。そう考えた女はおぼろげに見えてきた海岸線を注視するのだが。

「……ボク、気に入らない」

「……へぇ！」

思わず後ろを振り返る。

少女は、苛立《いらだ》ったように眉をひそめていた。この人形のような子供が感情を表すのは、記憶にある限り初めてだ。

「……イラつく」

ほっそりとした右手首に巻いた、ピンク色のブレスレットをさすりながらどこか遠くを見つめ、苛立ちの言葉を繰り返す少女。月明かりを反射して、鋭い犬歯がきらりと光を放った。


――――同時刻。某高級温泉旅館　露天風呂

「ふぅ、あったまりますね……」

「おんせん、さいこ～♡」

家族風呂が使えなかったため、温泉旅館本館の屋上に設置されている露天風呂にやってきたキー

ファたち。もちろんぱぱとは別々の浴場である。

「あうう～、ケントおにいちゃんとドキドキ♡混浴♡を楽しむはずだったのに～」

顔を半ばまでお湯の中に浸《つ》け、ブクブクと息を吹くカナおねえちゃん。まだ先ほどの出来事を引きずっているようだ。

「まぁまぁ、カナおねえちゃん元気出して！　これからいくらでもチャンスはあるよ！」

頭の上にタオルを載せ、温泉堪能モードでカナおねえちゃんに抱きつく。ちなみに、尻尾には専用の湯着が準備されていて、濡《ぬ》れないようになっているのだ。すごい！

「うぎゅ～、キーファちゃ～ん！」

優しく抱き返してくれるカナおねえちゃん。

「それに、今のよわよわおねえちゃんだと、ぱぱと一緒にお風呂入ったら鼻血を出し過ぎて干からびちゃうよ？　何事もステップアップがだいじ！」

「た、たしかにっ！」

探索者の道と同じ、一歩一歩である。キーファの激励に、気合を入れなおしてくれた。

「でもでも～、わたしのラブラブ光線にもう少し気付いてほしいよぉ～」

「ふふふふっ、祖父上のガイトさんも相当の朴念仁ですからね、カナさんも頑張ってください」

「まさかの遺伝!?」

「あははははっ♪」

カナおねえちゃんのリアクションが面白すぎて、お腹を抱えて笑ってしまう。

むずむず
「んん？」

その瞬間、僅かな違和感をお腹のあたりに覚える。ダンジョンの中で感じた気持ち悪さとはまた違う、不思議な感覚。

「……なんだろう？」

頼りなげな光を投げかける三日月を見上げる。そういえば、海の方は嵐になっているそうだ。この感覚の出所を探ってみよう……そう考え、目を閉じようとしたのだけれど。

「むき～！　こうなったら実力行使するしかないっ！　凛さん！　ケントおにいちゃんの部屋の合鍵をください！」

「……通報しますよ？」

「まさかの一刀両断!?」

「も～、カナおねえちゃん！　他のお客さんにめいわくだよ？」

賑《にぎ》やかなカナおねえちゃんの声に、先ほどまで覚えていた違和感の事などすっかり忘れてしまうのだった。


続く。

愛娘のダンジョン配信を陰で支える無自覚最強パパ 1
～こっそり素手でドラゴンを始末する様子が全世界に流出してしまう～

発行 2024年10月25日 初版第一刷発行

著者 なっくる
イラスト AMANUN
発行者 永田勝治
発行所 株式会社オーバーラップ
〒141-0031 東京都品川区西五反田8-1-5
校正・DTP 株式会社鷗来堂
印刷・製本 大日本印刷株式会社

ISBN 978-4-8240-0972-2 C0093

【オーバーラップ　カスタマーサポート】
電話 03-6219-0850
受付時間 10時～18時（土日祝日をのぞく）

作品のご感想、ファンレターをお待ちしています

あて先：〒141-0031　東京都品川区西五反田8-1-5 五反田光和ビル4階　ライトノベル編集部
「なっくる」先生係／「AMANUN」先生係